TROI CLUST FYDDAR

Lleucu Roberts

y Lolfa

Argraffiad cyntaf: 2005

© Lleucu Roberts a'r Lolfa Cyf., 2005

Mae hawlfraint ar gynnwys y llyfr hwn ac mae'n anghyfreithlon
i atgynhyrchu unrhyw ran ohono trwy unrhyw ddull ac at
unrhyw bwrpas (ar wahân i adolygu) heb ganiatâd ysgrifenedig y
cyhoeddwyr ymlaen llaw.

Cynllun clawr: Siôn Ilar

Rhif Llyfr Rhyngwladol: 0 86243 847 0

Cyhoeddwyd, argraffwyd a rhwymwyd yng Nghymru
gan Y Lolfa Cyf., Talybont, Ceredigion SY24 5AP
e-bost ylolfa@ylolfa.com
gwefan www.ylolfa.com
ffôn (01970) 832 304
ffacs 832 782

ar yr un daith, bob un i'w le gwahanol,
gwelwn ein gilydd weithiau
heb ein darllen, ac ymgollwn
yn ein straeon sy'n gysur
ac yn gelwydd i gyd

1
BANGOR

SIW

Sut un fydda i pan ddo i nôl? Pwy fydda i? Dyna ydi'r peth dwytha i fynd drwy 'meddwl i wrth glywed y trên yn nesu drwy 'nhraed ar blatfform gorsaf Bangor. Troi 'mhen i'w weld yn llenwi'r twnnel, yna troi 'meddwl at fynd wrth gamu i mewn, cyn poeni am y dod nôl.

Mae'n rhaid 'mod i'n ffŵl yn dewis rhynnu ar blatfform rhewllyd am ddeg munud i bump y bore er mwyn y 'pleser' o eistedd mewn cawell dur anghyffyrddus am ddyn a ŵyr sawl awr. Edrych o gwmpas am sedd. Gormod o ddewis. Bwrdd 'sa'n syniad, a lle i osod cwpan a phapur newydd. Nid bod gin i unrhyw fwriad o ddarllen papur hyd yn oed tasa gin i un hefo fi. Mae 'meddwl i ormod ar chwâl i geisio rhoi trefn ar 'yn sgrwnsh i'n hun heb fynd i fela efo llanast pobol dwi'm yn nabod.

Gwthiad i'r cês i gornel bella'r rac yn y cyntedd a thrio penderfynu lle i fynd. Cwmni 'di'r peth dwytha dwi isio. Mae 'na ddau ddyn cymharol ifanc yn wynebu'i gilydd dros fwrdd ym mhen pella'r cerbyd. Un yn yfed o gan, heb drafferthu i sychu diferion ei ddiod oddi ar ei farf-dyn-diog, a'r llall yn gwenu ar ryw berl o ddoethineb o'i enau ei hun. Dŵad adra ar ôl sbri yn

Nulyn, siŵr o fod, a dal i sugno o waddod y trip. Isio i'r nos ymestyn yn ddi-ben-draw heb wawr i darfu ar eu mwynhad a dod â phen mawr yn ei sgil.

Dwy ddynas ifanc a thoreth o blant o'u hamgylch, yn neidio o sedd i sedd fel tasan nhw'n marcio'u perchnogaeth ohonyn nhw cyn i ddieithryn fel fi ista'n rhy agos. Un, dau, tri, pedwar, pump o blant, yn cuddio rhwng y seddi a dringo dros y breichiau. Babi'n cysgu'n fendithiol ar lin un, a'r llall yn lledorwedd yn flinedig, a'i phenliniau wedi'u sodro wrth y bwrdd o'i blaen. Does 'na'r un o'r ddwy fel tasan nhw'n sylwi dim ar rialtwch y plant.

Cwpwl reit oedrannus 'rochor arall, o fewn pellter mynd-ar-nerfau i chwarae'r plant swnllyd. Hitha'n syllu draw at y ddwy fam fel tasa hi'n ysu am iddyn nhw sylwi ac, yn eu cwilydd, godi a diflannu oddi ar y trên, a'u haid ddi-drefn efo nhw, ond mae ei gwg yn syrthio ar dir diffaith. 'Run o'r ddwy fam yn edrych i'w chyfeiriad – 'di dysgu peidio, ella, ar y trac rhwng Caergybi a Bangor, rhag gorfod ymateb i'w gwg. Gwell ganddo fynta gyfeirio'i anniddigrwydd at y ffenast, wedi ei gorddi fwy gan anniddigrwydd ei wraig nag unrhyw ddrwgdeimlad tuag at y plant. Wedi hen ddysgu cau'i geg mae'n amlwg. Daw cwpan plastig o nunlla a tharo cefn sedd y wraig nes gneud iddi dynnu wyneb, a'r rhialtwch ar wyneba'r plant yn peidio am un chwarter eiliad cyfan, cyn torri allan yn chwerthin ar fod wedi mentro dros y tresi heb ennyn cosb.

Eiliad gymer hi i mi lyncu'r llun o gynnwys y cerbyd ac eiliad arall i ddewis 'y nghornel.

Sedd wrth y ffenast a bwrdd o'i blaen. Llithro i

mewn heibio'r ymyl ac ymollwng i'w chysur. Braf cael ista. Gwthio 'mag i'r bwlch dan y sedd hefo 'nhroed a thynnu 'nghot yn dynnach amdana i.

'Swn i'm wedi gallu dewis lle gwell – wynebu gweddill y cerbyd, a gallu cadw llygad ar y cês dros fy ysgwydd 'run pryd. Fy nghefn at y drws, a'r bwrdd o 'mlaen, rhyngtha fi a'r gweddill; encil mewn cawell, gan fod rhaid rhannu. Cornel fach i swatio ynddi, fel taswn i'm yn bod. Rhwbio'r gwydr llaith a gweld fy hun yn rhythu nôl yn ddiarth: am wyneb bore bach, yn dal yn ei blygiadau cwsg! Troi oddi wrtho, wrth i'r trên adael golau'r platfform a chyflymu tuag at y tywyllwch.

Rhybuddiodd Pete fi neithiwr, cyn iddo fwrw am Aberystwyth, i roi'r cloc larwm dan y gobennydd.

'Ti'm isio colli'r trên, Siw,' medda fo wrth fynd am y drws, fel taswn i'n hogan fach. 'Sa hynny'n rhoi top hat ar betha.'

Safai ar waelod y grisiau, ei fag-dros-nos yn ei law a goriad y car yn y llall. Roedd o wedi cynnig – rhyw gynnig dros ysgwydd – 'y ngyrru i i Lundain yn ei awydd i neud yn siŵr 'mod i'n cyrraedd yn ddiogel. Ac mi o'n i 'di deud wrtho fo am beidio bod mor wirion, y medrwn i gamu ar drên, diolch yn fawr; a beth bynnag, roedd ei gyfarfod yn Aberystwyth yn galw. Doedd colli hwnnw ddim yn opsiwn. Dilynais o allan at y car i roi sws ddefodol ar ei foch cyn ffarwelio.

"Swn i *yn* medru dŵad adra heno, 'sti...'

'I be?' ochneidiais. Mi fysa'r cyfarfod yn Aber yn siŵr o barhau tan wedi naw y nos. Gyrru nôl i'r gogledd wedyn, a chodi am bedwar i ddal y trên. Gan ei fod o'n mynnu dod, gallai yrru o Aber, gan hepgor un siwrne ddiangen. 'Mi 'na i dy gwarfod di yna, iawn? Os o's rhaid i chdi ddŵad o gwbwl. 'Swn i'n medru dŵad adra'n hun ar y trên yn iawn.'

'Wela i chdi yn Euston, Siwan,' medda fo'n bendant gan blygu'n daclus i mewn i'w gar.

Deud, a dyna fo.

Caeaf fy llygid, caf gwsg yn sigl y trên, gan fod hwn yn mynd â fi yr holl ffordd i'r pen draw. Cwsg go iawn, nid cwsg ci bwtsiar fel y troeon eraill a finna'n gorfod cadw llygad ar arwyddion y gorsafoedd rhag i mi gysgu trwy Gaer neu Crewe a methu'r newid trên. Fy ngŵr yn Llundain ydi hi heddiw, nid Mam yng Nghaerdydd. Mi fydd Pete yno i 'nghwarfod i a phob dim yn rhedeg fel watsh. Wiw i fi feddwl gormod am betha rhag dechra teimlo'n sâl, a sgin i'm tamaid o awydd codi o 'nghornel fach gyffyrddus i fynd i'r tŷ bach. Creu gwarchae anweledig am 'y nghornel.

'Bangor? I be?!' gofynnodd yn ddiddeall pan ddangosais fy ffurflen UCCA iddi flynyddoedd yn ôl.

'Dwi'n licio'r lle, Mam,' meddwn i'n styfnig.

'Ond mae o ben arall y wlad! Sut ar wyneb daear dwi fod i deithio'r holl ffordd fyny ffor'na i dy weld di?'

Dy broblem di, nid fy un i, meddyliais a deud ar yr un pryd fod 'na fysys, trenau a ffrindiau capal fysa'n fwy na bodlon dod â hi am y diwrnod, neu'n hwy (câi aros faint fyd a fynnai ar fy nhomen i).

'Ddo i lawr ar y trên unrhyw bryd t'isio,' meddwn, heb fwriadu gneud hynny'n rhy aml chwaith.

'Dy les di sy gen i mewn golwg,' meddai'n swta (newid dy diwn am unwaith, Mam! meddwn i wrtha fi'n hun) ac ychwanegodd: 'Go brin nei di'n ddigon da yn dy lefel A p'run bynnag.'

Mi bwdodd wedyn, a rhyw fyw di-sgwrs fu hi yn tŷ ni am sbel go hir wedyn. Ond mi nesh i'n ddigon da, er gwaetha'i thaer weddïau na fyddwn i ddim, a bu'n rhaid iddi wynebu y bysa'r gogledd yn 'y nwyn i oddi arni. Dechreuodd ei haraith yn yr ysgol, a'r darn papur a ddaliai 'nhynged yn dal yn fy llaw, bron cyn i mi fedru dirnad y graddau oedd arno, a daliodd ati i hefru a bytheirio ar y bws adra, i fyny'r llwybr at y drws ffrynt ac yn y tŷ. Bytheirio, bygwth, dagrau, taer erfyn. Ond, to'n i ddim yn mynd i newid 'y meddwl. Ac mi lyncodd Mam ful. Go brin 'i bod hi wedi'i dreulio fo chwaith, saith mlynedd yn ddiweddarach a finna wedi hen adael coleg. Dros wsnosau'r haf cynta hwnnw cyn troi am Fangor, go brin iddi siarad llawer efo fi, tan y dyddia dwytha cyn i fi fynd, pan welodd fod rhaid cyfathrebu er mwyn iddi roi digon o drefn ar 'y mywyd i i mi allu goroesi ar 'y mhen 'yn hun mewn lle diarth. Mi nath yn siŵr ei bod hi'n dod fyny efo fi yng nghar Mrs Parry, gwraig y gweinidog, i fwrw golwg ar y fflat a rhoi'i threfn arni ar 'y nghyfer i.

'Ma amser 'da ni i fynd hibo'r hen gartre os licech chi, Nesta,' cynigiodd Mrs Parry Gweinidog yn ddigon caredig, chwarae teg, ar ôl i Mam fwrw golwg beirniadol olaf am y degfed tro dros y stafell ro'n i wedi dewis byw ynddi ar draul byw gyda hi.

'Sna'm isio chi ar 'y nghownt i,' atebodd Mam yn ddigon diddiolch.

'Wel, so ni'n dod lan yr holl ffordd heb neud 'ny, odyn ni? Dowch chithe 'fyd, Siw,' ychwanegodd Mrs Parry heb roi cyfle i mi fedru ffugio dihangfa gyfleus.

Syllais ar 'amlinell lom y moelni maith' drwy ffenast gefn yr Escort a gwbod mai yn fa'ma ro'n i isio treulio'r blynyddoedd nesa. Toedd gin i'm syniad mai'r Carneddau oedd y mynyddoedd a welwn o 'mlaen y diwrnod cynta hwnnw, ac y doen nhw'n gyfeillion, yn bapur wal drwy ffenast fy stafell ym Mangor cyn pen dim.

'Run fath â nest ti dwi'n neud,' meddwn wrth Mam yn y car ar y ffordd i Lanrug. 'Ti'n mynd i lawr a finna'n dod nôl i fyny.' Gwenais arni, a throdd ei phen i sbio ar yr 'amlinell lom' rhag gorfod sbio arna i.

Yn ôl y ddynas yn y siop yn Llanrug, rhyw bâr o Solihull oedd yn byw yn y tŷ teras lle magwyd Mam. Nath hi'm cnocio ar y drws fel roedd Mrs Parry wedi argymell iddi neud.

'Damia nhw a Solihull!' medda Mam yn blentynnaidd, gan gau ceg Mrs Parry Gweinidog yn glep.

Damia'r plant 'cw 'fyd! Ma'n nhw wedi dechra anelu cwpana plastig at 'y mhen i rŵan. Dwi'n teimlo'n hun yn gwgu, ac wrth neud yn metamorffeiddio'n ddynas deirgwaith fy oed, fel hon sy'n eistedd rai rhesi o 'mlaen i'n rhythu ar y ddwy fam ac ewyllysio'n fud iddyn nhw geryddu'r diawliaid bach. Waeth iddi ewyllysio i'r trên godi oddi ar y rheilffordd a dechra hedfan dros ogledd Cymru ddim o ran faint o ymateb mae hi'n ennyn yn y ddwy.

Cyffordd Llandudno, twll tin y byd. Ma'r pum plentyn yn troi at y ffenast wrth deimlo'r trên yn arafu a dau o'r rhai hyna'n eistedd dros y seddi dwbl rhag iddyn nhw gael eu dwyn gan y fflyd o deithwyr ddaw i mewn. Seddau efo byrddau gaiff eu bachu'n gynta, a gwelaf wyneb neu ddau siomedig wrth i'r rhai ddaw i mewn yn ola sylweddoli nad oes sedd wrth fwrdd ar ôl. Daw pâr reit ifanc a hen wraig i'w canlyn i mewn drwy'r bwlch. Ma'r dyn yn edrych o'i gwmpas yn frysiog, cyn gwthio i mewn am y bwrdd â fi, rhyngtha fi a gweddill y cerbyd. Disgynna'i bartner i'r sedd yn ei ymyl o, tra stryffagla'r hen wraig i'r sedd yn fy ymyl i heb dynnu'i llygid oddi arna i. Wrth eistedd, edrycha'r ferch yn flin i gyfeiriad ei phartner, a'i llygid yn gofyn i be ddiawl oedd isio ista yn fa'ma?

'Welish i m'oni hi,' ydi ei ateb yntau i'r cyhuddiad yn ei lygaid. 'T'isio symud?' sibryda.

Mae hi'n ysgwyd ei phen – 'sdim otsh' otshiog – a chymer yntau *Daily Mirror* ddoe o'i boced a'i daenu dros y bwrdd o 'mlaen i i ddod â'r mater i ben.

Damia las! Sgin i'm tamaid o awydd cwmni. Tri phâr o lygid diarth i ddarllen pob ystum ar fy wyneb, pob sniff, pob anadl, pob gwg. A finna isio llonydd.

Dwi'n troi 'mhen at y ffenast rhyngtha fi a'r tywyllwch tu allan, a cheisio llyncu anadl ddofn, flin, rhag eu sbio. Arna i ma'r bai am neud fy hun yn fach fel na welon nhw fi nes iddyn nhw ista wrth 'y mwrdd i.

Gwnaf fy hun yn llai.

MANDY

Rêl sychan bropor yr olwg, prin yn cydnabod ein bod ni'n bod. Pam ddiawl na fysa Stiw wedi ista'n rhwla arall, rhwla preifat, o'r ffordd?

Mae May yn 'i sedd – o'r diwadd. 'Sa wedi bod yn haws

cael corcsgriw drwy dwll clo.

'Adra,' medd Stiw. Cysur gan y brawd mawr.

Ia. Fydd adra ddim 'run fath am sbel.

Gwna Stiw ei hun yn gyffyrddus wyneb yn wyneb â'r hogan drwynsur ma sy'n sbio drwy'r ffenast, a finna wyneb yn wyneb â May.

Ma'n siŵr mai rhwbath sy'n gweithio yng Nghaer ydi hi. Swydd dda 'fyd, yn ôl y dillad taclus. Siwt lwyd efo pob plygiad yn ei le. Braf arni'n medru gwisgo fel'na. Bitsh lwcus. 'Mond gobeithio mai yng Nghaer mae hi'n gweithio, i ni ga'l llonydd.

Fi, Stiw a May.

May. Pam adawish i i Stiw 'mherswadio i a dod â hi? Stiw a'i syniada mawr. Mi fydd 'na andros o draffarth efo hi.

Dim Stiw fydd yn goro codi'r nos i gau'i cheg hi rhag deffro'r plant. Dim Stiw fydd yn goro bwydo bwyd llwy iddi a hitha'n strancio. Dim Stiw fydd yn goro hofran uwch 'i phen hi yn y tŷ bach a sychu'i phen-ôl hi. A finna'n meddwl bod hynna i gyd tu ôl i mi efo'r plant.

A rŵan ma'n rhaid godda'r ddynas ddiarth am y bwrdd â ni'n trio'i gora glas i sbio drwy ffenast y trên ma rhag gorfod siarad efo ni.

Fel tasa hi'n gweld mwy yn y ffenast a'r nos ddu tu allan.

SIW

Pwysa'r hen ddynas ei phen yn ôl ar gefn y sedd a chau'i llygid tra gwylia'r ddau hi heb symud. Hercia'r trên dros y rêls a gallaf deimlo'r hen wraig yn ymsythu yn ei sedd yn erbyn yr hyrddiadau. Troi i syllu drwy'r ffenast wna'r ferch am eiliad cyn troi'i phen yn ôl, wedi methu gweld dim ond llinell igam-ogam y ffens rhwng y rheilffordd a'r tywyllwch yn gwibio heibio, fel rhuban llwyd yng ngolau cerbyd y trên.

Gwna'r ferch ei hun yn fwy cyffyrddus yn ei sedd a thynnu'i siaced dila'n dynnach amdani wrth deimlo ias o oerfel yn chwythu drwy'r cerbyd. Fedar hi ddim bod yn hŷn na deg ar hugain, ella'n iau, er bod golwg flêr arni, ei gwallt tywyll byr heb weld crib na brwsh bora ma. Mae ganddi drwyn plentyn bach a llygaid gwyrdd caled, sy'n herio unrhyw un sy'n meiddio edrych i mewn iddyn nhw.

Mae o'n troi'i ben fymryn wrth ei theimlo'n swatio, ac yn sbio arni. Dydi o'n gneud dim byd, ddim yn agor 'i geg, nag yn ystumio mewn unrhyw fodd, ond yn ei edrychiad dwi'n dallt mai hwn ydi'r un sy'n deud be 'di be. Hwn ydi'r trechaf o'r ddau. Mae o'n hŷn na hi, ac yn gwisgo denims llwyd a siwmper gwddw-V werdd byg, ac mae 'na flewyn gwynnach na'r lleill i'w weld fan hyn a fan draw yn ei wallt brown, sy'n fwy nag sy gen i: wedi byw mwy, ella. Hen lygid rhyfadd sy ganddo fo, llygid sy'n cuddio tu mewn yn rhwla, ar goll dan gloriau trwchus fel tasa'i amrannau fo'n rhy drwm. Wrth syllu ar ei adlewyrchiad yn y ffenast, fedra i ddim gweld pa liw 'di'r llygid. Fedra i'm deud yn iawn chwaith i ba gyfeiriad ma'n nhw'n sbio. Ella 'sa'n well i mi beidio ag edrych arno fo o gwbwl.

Mi fedra i weld llygid Pete bob amser. Ma'n nhw'n caledu weithia – hyd at rew unwaith yn y pedwar gwynt – ond dydyn nhw byth yn cuddio. Ma'n nhw'n tynnu at ei gilydd pan fo hwyliau drwg arno fo, neu pan mae o'n crychu'i wyneb at yr haul, fel mae o'n tueddu i neud bob tro 'dan ni'n cyrradd copa rhyw fynydd neu'i gilydd, ond ma'r glas dwfn i'w weld bryd hynny hefyd. Ei lygid o ddenodd fi gynta, ac ma'n rhaid mai dyna'i nodwedd ora o ran pryd a gwedd, er na fedra i gofio'n iawn y dyddia hynny pan oedd ei wyneb o'n newydd i mi. Does ganddo fo fawr o ên ac mae ei wyneb o'n edrych yn rhy hir, o'r herwydd, ella. Mae croen ei fochau fo fymryn yn llaciach nag y buon nhw: ydi o'n edrych yn hŷn na'i oed, tybad? Ar wahân i pan mae o'n gwenu, ella... bryd hynny, ma'i wyneb o fel tasa fo'n disgyn i'w le. Wedi blwyddyn a mwy o briodas, ma hi'n dechra mynd yn anodd gweld y darnau yn y cyfanwaith, a dydi o'm yn gneud hanner digon o wenu na chwerthin y dyddia ma.

Chwerthin oedd o'r eiliad gynta gwelais i fo. Noi a fi wedi cyrraedd nôl i fflat Noi ar ôl bod allan ryw nos Fercher pan oeddan ni yn y coleg. Roedd gen i flodyn yn fy llaw, mynawyd y bugail o botyn ar y stryd fawr a'r gwreiddyn yn dal yn sownd wrtho fo. Doedd 'na 'run ohonan ni'n dwy'n sobor: yn dal i ddathlu diwedd yr arholiada gradd bythefnos ynghynt a phawb arall o'r criw wedi hen fynd adra.

Dan a fo'n eistedd ar stepen drws Noi, â'u traed ar y pafin. Dan â chan yn ei law yn morio canu a Pete yn ei ddwyn oddi arno am sip. Cwrw-ganu Dan, a chwerthin Pete.

'Be ddiawl w't ti'n neud yn fa'ma?' gan Noi.

'Dŵad am dro i weld 'yn chwaer fach, 'de.' Sychodd y diferion cwrw oddi ar ei ên efo'i lawes. 'Ti'm yn meindio 'sa Dan a fi'n cysgu ma heno, nag wyt, Noi?'

16

To'n i ddim wedi sylwi bod neb yn ei galw'n Noi tan hynny, ac wrth weld yr olwg gwestiyngar ar fy wyneb eglurodd Noi mai dyna roedd Pete wedi'i galw hi erioed, er pan oedd 'Naomi' yn ormod o dreth i'w dafod ifanc. Dyna oedd Dan wedi'i galw hi hefyd wedyn, a dyna y dois i i'w galw'n rhyfeddol o sydyn.

"Di Mam a Dad yn gwbod bo chdi ma?' meddai Noi wrth Pete wrth 'yn gadael ni gyd i mewn.

'Mam ddudodd 'sa'n gneud lles i fi biciad draw i weld be sy o 'mlaen i fis Hydra.'

Dan yn chwerthin fel ffŵl am ddim rheswm o gwbwl wrth i fi ddisgyn i soffa Noi a dechra darllan y gyfathrach rhwng y brawd a'r chwaer. Roedd Noi wedi sôn digon am Pete, ei brawd a fu i ffwrdd ers blynyddoedd ym Mhrifysgol Caerwysg, ond a oedd ar fin dechrau ar gwrs diwinyddiaeth ym Mangor yn yr hydref – yr 'Iesu Grist Bach' yn sgyrsiau Noi – a'r darlun ohono yn 'y meddwl i'n gwbwl wahanol i'r hogyn normal ma o 'mlaen i oedd yn medru chwerthin yn ei gwrw. Hogyn normal ond deniadol o ddiarth hefyd. Roedd o 'di graddio mewn Saesneg a 'di bod yn rhyw stwna ers oes ar destun MA yno cyn penderfynu rhoi'r gorau i hwnnw a throi at yr hyn roedd ei galon o'n ddeud wrtho fo neud. Pete a Dan, ffrindia gora ers dyddia ysgol, ac er iddyn nhw wahanu dros flynyddoedd coleg wrth i Pete droi ei drwyn tua Chaerwysg a Dan am Fanceinion, roedd Bangor ar fin dod â'r ddau nôl at ei gilydd.

'Tasa Mam yn gweld y ddau 'nach chi rŵan, 'sa hi'n disgyn yn farw gorn.' Noi'n trio'i gorau i swnio'n sobor ac yn gall, er nad oedd hi'r un o'r ddau, debyg.

'Dwi'n iawn. Mond tri pheint dwi 'di ga'l. Ma Dan 'di

ca'l saith.' Ffaith amlwg braidd gan fod Dan erbyn hyn yn gorwedd ar ei hyd ar lawr yn trio'i ora i ddynwared Pavarotti. *Nessun Dorma*, ia, myn diain i! Roedd hi'n ddau o'r gloch arnyn nhw'n dechra meddwl am wely, a finna angen mynd adra i fy fflat fy hun.

'Cysga fa'ma,' mynnodd Noi. ''Di'm fel'sa hi'r tro cynta.'

'O, ia?!' meddai Dan yn llawn hwylia. 'Be, dach chi'n arfar cysgu hefo'ch gilydd, yndach? He he he, pwy 'di'r "dyn" a phwy 'di'r "ddynas"?' chwerthodd yn fudur.

'Siw 'di'r ddynas,' meddai Pete, a gwên fach dawel ar ei wefusa, gan edrych draw arna i. 'Sna'm dowt am hynny.'

Lluchiodd Noi glustog ato fo. Ond bu'n rhaid i fi fynd adra wedyn – a'r blodyn yn dal yn fy llaw – neu 'swn i wedi'i fyta fo (Pete, nid y Geranium).

Wedyn... y tro wedyn, mis Awst, ro'n i allan yn un o dafarnau Bangor Ucha, newydd godi 'mheint cynta ac yn trio peidio cymryd sylw o siarad siop Noi a'r criw fysa'n gneud ymarfer dysgu efo hi. Dros yr haf hwnnw, roedd yr allfudiad mawr ar ôl yr arholiada gradd wedi tynnu'r unigolion a adawyd ar ôl yn nes at ein gilydd, fel cerrig wedi trai ar y traeth; ond ar adegau fel hyn, teimlwn rywfaint o unigrwydd. Doedd gan Noi, fwy na'r ddwy arall, ddim diddordeb mewn clywed sut ddiwrnod ro'n i wedi'i gael yn llyfrgell y coleg lle ro'n i newydd gychwyn ar fy swydd gynta rai dyddia'n gynt.

Wrthi'n gweddïo arnyn nhw yn fy mhen o'n i i siarad am rwbath heblaw'r Cwricwlwm Cenedlaethol, nad oedd ganddyn nhw eto fawr o syniad be oedd o. Er bysa waeth i mi fod wedi disgwyl iddyn nhw droi i siarad am ddulliau sbaddu ŵyn yn India ddim, na newid y pwnc. Ond diolch byth, mi gerddodd Dan i mewn. Roedd o eisoes wrth y bar pan ymddangosodd Pete yn y drws, yn ddigon simsan ar ei draed. Mi edrychodd drwydda i a gwthio at ysgwydd Dan i weiddi'i archeb. Medrwn deimlo 'nghalon yn curo gan wbod y bysa fo'n siŵr o droi a chyfarch Noi'n hwyr neu'n hwyrach. Tynnais fy stôl yn nes at ei un hi a gosod 'y mag ar stôl arall wrth fy ymyl, rhag ofn.

'O! Sbiwch pwy sy ma!' gwaeddodd Dan. 'Y chwaer Naomi a'i chariad!' gan wenu arna i. 'Pete! Pete!' Trodd Dan at y bar lle roedd Pete yn sipian ei beint. 'Rho'r peint 'na lawr cyn i hon sbragio wrth dy rieni!'

'Hy! *Fi* sy'n sbragio amdani *hi* fel arfar,' meddai Pete wrth nesu aton ni. 'Gweld bo chdi'n smocio rŵan 'fyd, Noi.'

'Ers tair blynadd, yndw,' atebodd Noi. 'Be w't ti'n feddwl neud am y peth, Iesu Grist Bach?'

Rhoddodd hyn ddechra ar chwerthin gwirion Dan. Doedd o'n amlwg ddim wedi clywed llysenw diweddara Noi ar ei brawd. Dechreuodd ei fol mawr grynu wrth i'w ysgwyddau neidio i fyny ac i lawr gan ollwng diferion o'i beint. Roedd ei fotwm bol yn y golwg wrth i'w grys-T godi dan straen y chwerthin, yn pipo allan arna i drwy blygiada bloneg ei fol. Ailadroddai 'Iesu Grist Bach' drwy hyrddiadau o chwerthin. Nath Pete ddim ymateb, dim ond gwenu i'w beint yn rasol, a nesu aton ni. Tynnais 'y mag i'r llawr gerfydd y strap er mwyn gneud lle iddo fo ista.

'Noson dda?' gofynnodd Pete tra bod Dan yn dal i chwerthin.

'Siort ora,' atebais i. 'Dach chi'n ca'l noson o bechu 'ta?' Tynnu coes. Y ffordd ora o dynnu sgwrs a chynnau tân cynnes braf.

Gwenodd Pete, a tharo'i beint ar y bwrdd wrth ymyl fy ngwydryn i. Glaniodd Dan – yn llythrennol – ar ôl neidio dros fraich sedd Noi nes bod honno'n sgrechian, ac yn bwrw cawodydd o ddyrnau drosto fo. Yna, roedd y ddau'n cofleidio fel ffyliaid.

'Ffrind fi 'di hon,' meddai Dan wrth y genod eraill.

Teimlais law Pete yn ysgafn ar fy llaw innau, ac anghofiais bob dim am Dan a Noi a phopeth arall wrth i'w gyffyrddiad ffrwydro drwy bob un o gelloedd 'y nghorff i. Trois ato.

'Be ti'n yfad?' gofynnodd a chodi 'ngwydryn gwag i fynd at y bar. 'Nesh i'm sylwi bo ti'n wag.'

Roedd Dan yn tynnu fy llawes...

'...Dei Snots?'

'Ia? Be amdano fo?' meddwn i.

'Dyna oedda chi'n galw David Brisk?'

'Ia.' Un o'n darlithwyr hanes na fysa rhaid i mi osod llygaid arno fo fyth eto, diolch byth. Rhaid bod Noi wedi deud wrth Dan be oeddan ni'n galw'r dyn, a Dan ar fin cychwyn gneud ei ddoethuriaeth ar ryw agwedd na ddeallais o'r diwydiant llechi yng ngogledd Cymru – dan oruchwyliaeth David Brisk fel roedd hi'n digwydd. 'Mi oedd o'n pigo'i drwyn a'i fyta fo wrth ddarlithio.'

Ac mi ddechreuodd Dan ar bwl anferthol arall o chwerthin, a finna'n cael trafferth peidio sbio arno'n ysgwyd. Roedd Noi'n porthi, yn dynwared David Brisk yn darlithio er nad oedd hi erioed wedi cyfarfod â'r dyn, am wn i.

'...yn yr Oesoedd Canol... dyma fysa'r wêr yn fyta...' âi Noi rhagddi. 'Hyn a'r croen calad dan sodla'u traed.'

Dechreuodd dynnu'i sanau. Teimlais Pete yn cyrraedd yn ei ôl â diod i mi a throis yn ôl ato. Roedd hi'n anodd dal i fyny â Noi a Dan a'r lleill.

'Casglu gradda w't ti?' gofynnais yn hwyliog i Pete, ac mi chwarddodd.

'Ia, debyg. Ond dwi'n meddwl ella 'mod i ar fin gneud be ddyliwn i fod 'di neud o'r cychwyn.'

'Pam diwinyddiaeth?' holais yn ysgafn, i ddeud rhwbath yn lle deud dim.

'Am fod Duw isio,' oedd ei ateb. Trois fy mhen fymryn i sbio ar Dan am wên fyddai'n ysgafnu'r dieithrwch oedd wedi tarfu ar lif cynnes y noson. Ond roedd o'n dal i chwerthin am ben dynwarediad Noi a heb glywed dim o'n sgwrs ni. To'n i'm isio llithro i gors trafodaeth ar grefydd, ond to'n i'm isio peidio siarad hefo'r pishyn glaslygeitiog ma o 'mlaen i chwaith. Fedrwn i'm gadael i'r pysgodyn yma lithro oddi ar y bachyn, ac eto, tir diarth oedd Duw, tir penboethiaid â chwinc yn perthyn iddyn nhw, neu gynnwys rhaglenni haleliwia datgelu'r-cyfan ar deledu bora Sul.

'A ddudodd O pam?' mentrais, rhag torri'n llwyr ar yr ysgafnder. Ond doedd Pete ddim yn chwerthin. Roedd o'n ateb, a'i wyneb heb ei wên.

'Naddo. Ddim eto. Ond mi ddaw'n glir ryw ddiwrnod.'

'Paid â malu cachu,' meddwn i, i amddiffyn fy hun rhag ei ddifrifoldeb o'n fwy na dim. 'Be 'sa Duw'n neud tasa fo'n dy weld di rŵan? Dy ladd di hefo melltan? Www, ma 'na storm ynddi, bois!'

'Mae O *yn* gweld,' medda fo'n gwbwl ddigwafars.

'Duw Arthur Guinness, ella,' mentrais.

Nath o'm byd, 'mond gosod 'i law ar fy un i a sbio i'n llygid i.

'Ddim fa'ma 'di'r lle i drafod petha fela,' meddai, ei lygid yn torri twll reit drwydda i, a finna'n gwbl gadwedig. Ar y graig hon yr adeiladaf fy eglwys, meddyliais, heb deimlo 'mod i'n rhyfygu er gwaetha arteithawr ddiflas wythnosol deng mlynedd o Ysgol Sul yng Nghaerdydd dan orchymyn pendant Mam.

'Ma'r hurtan wirion yn cysgu,' medda fo wrth ei bartner, gan fwytho'i law ar y bwrdd o 'mlaen i. Sylla i gyfeiriad yr hen wraig. Ma'r ferch yn taflu cipolwg draw i 'nghyfeiriad i, ond dwi'n llwyddo i gau fy llygid yn sydyn cyn iddi weld 'mod i'n effro ac yn sbio arnyn nhw.

Hurtan? Dyna ddwedodd o? Go brin.

Ond dwi bron yn siŵr. Hurtan wirion. Am ffordd i siarad am ei nain, neu pwy bynnag ydi hi. Fedar hi byth fod yn fam iddo fo na hitha. Mae hi genhedlaeth yn rhy hen, 'sbosib. I be fysa dau gariad, neu ŵr a gwraig neu be bynnag ydyn nhw, yn dod â nain hefo nhw ar drên er mwyn ei galw hi'n 'hurtan wirion'? Rhyfedd fel mae pobol ddiarth yn bihafio weithiau. Fedra i'm dirnad perthynas rhai pobol â'i gilydd.

Hurtan wirion? Mae hi mor ddiniwed yr olwg, ymhell dros ei phedwar ugain, siŵr o fod, a'r cyfan mae hi'n neud ydi cysgu: sut aflwydd ma rhywun sy'n cysgu'n medru bod yn hurtan wirion, a dydi hi prin wedi yngan gair am wn i i haeddu cael 'i galw'n hurtan wirion. Faswn i byth yn galw Mam yn hurtan wirion yng nghwmni neb, ddim hyd yn oed Pete, waeth pa mor hurt a gwirion fydd hi'n ymddwyn. Ond 'na fo, be wn i am bobol eraill?

'Be roist ti'n 'i the hi bora ma, Stiw?' medd y ferch, ac mae'r ddau'n chwerthin yn ddistaw â'u pennau'n cyffwrdd, a fynta'n rhoi ei fys at ei wefusau wrth neud rhag deffro'r hen wraig. A rhag 'y neffro innau gan 'y mod i'n edrych fel taswn i'n cysgu tu ôl i'r amrannau hanner-caeëdig ma.

O, wel, 'dan ni i gyd yn wahanol, diolch i Dduw.

Rhyl. Twll tin byd arall. Andros o lot ohonyn nhw rhwng Bangor a Llundain.

2
RHYL

SIW

Mae 'mraich i wedi mynd i gysgu dan bwysau'r hen wraig. Pwysa'i hysgwydd yn fy erbyn a dwi'n 'i theimlo hi'n chwyrnu'n braf. Wiw i mi symud rhag ei deffro. Sylla'r ddau arall i 'nghyfeiriad i wrth i fi agor fy llygaid ac ystwyrian fodfedd i geisio bod yn fwy cyffyrddus, gan neud ymdrech lew i ymddangos yn ddi-hid ar yr un pryd. Ond does 'run o'r ddau o 'mlaen i'n dangos unrhyw gonsyrn am 'y mraich i, a sgin inna ddim tamaid o awydd deffro'r hen wreigan i gwmni'r ddau annifyr.

Dwi wedi penderfynu nad oes dim rhinweddau'n perthyn i'r ddau. Mae hi'n flêr am mai dyna'r unig ffordd fedar hi edrych, a fynta'n hen ddiawl blin nad oes ganddo unrhyw gydymdeimlad â'i nain yn ei henaint. 'Mond gobeithio nad yw eu siwrne'n un hir – Caer, ella, lle mae hi'n byw mewn cartra hen bobol, a fedar o ddim wynebu'r daith heb ei gariad neu ei wraig, neu pwy bynnag ydi hi. Ei gariad – 'sna'm modrwy ar y bys priodas. Dwi'n sbecian ar y ddau o'r tu ôl i fy amrannau tra'u bod nhw'n meddwl 'mod i'n cysgu a theimlo'n gynnes tu mewn am eiliad: nes i 'mo hyn ers pan o'n i'n hogan bach.

Mae o'n sibrwd, â'i geg wrth ei chlust. Rhwbath am sodro'r hen ddynas yn y gwely y munud cyrhaeddan nhw.

'Paid! 'Cofn iddi glwad.'

'Ma hi'n fyddar fel postyn.' Agoraf fy llygaid, gweld y ddau'n syllu'n oeraidd ar yr hen wraig, camddallt am hanner eiliad, cyn ymroi i gogio cysgu fel cynt.

'Be amdani *hi*?' Fi. 'Be os cl'with *hi* ni?'

'Be 'di o otsh, Mand?' yw ei ateb. 'A be bynnag, 'di'm yn dallt Cymraeg.' Crycha hitha'i thalcen. Sut fedar o ddeud a finna heb agor 'y ngheg? ''Sa hi 'di deud rhwbath, bysa... cl'wad ni'n siarad Cymraeg.'

Mae hi'n nodio ei phen i gytuno.

Dihangfa. Go dda, fydd dim rhaid i fi siarad efo nhw. A toes ganddyn nhw'm tamaid o awydd siarad efo fi. Wal fawr rhyngthan ni, a'r un ohonon ni rithyn o isio'i dymchwel hi.

MANDY

'Mond gobeithio na fydd gwallt Malcolm wedi gwynnu gormod ar ôl pedwar diwrnod o ofalu am y plant. Mae o'n ŵr da, poeni dim am dendiad y plant. Ond nesh i rioed 'i adael o 'i hun efo nhw am bedwar diwrnod o'r blaen. Dim ond dechra 'di hyn – mi ddaw 'na andros o lot mwy o broblema erbyn cawn ni May adra. Mi fydd o wedi symud y gwely bach i'w stafell hi ac mi fydd Elen a Megan wedi strancio'u siâr 'u bod nhw'n gorfod rhannu gwely i neud lle i May.

Dwi 'di trio 'ngora i egluro iddyn nhw, ond dydi plant

saith oed ddim yn gwrando ar reswm. Pryd ma'n nhw dechra neud 'ny tybad? Pryd ma'n nhw'n dechra dallt nad tyfu ar goed ma pres a bod rhaid wrth newid rŵan ac yn y man i neud i betha weithio?

'It'll only be for a while,' *ailadroddwn wrth y ddwy – neu wrtha fi fy hun, dwi ddim yn gwbod.*

Mae May'n chwyrnu, a Stiw'n rhoi chwerthiniad bach wrth iddi roi un ebwch mwy swnllyd na'r lleill.

'*Pinsia'i thrwyn hi,' medd Stiw, a finna'n goro gwenu. Mi fydd rhaid dod i arfar hefo'r chwyrnu fatha hefo pob dim arall.*

Do'dd Malcolm ddim yn siŵr ar y cychwyn. Mi fu'n rhaid i mi ailadrodd dadleuon Stiw sawl gwaith cyn 'i ga'l o i weld y galla hyn ateb ein problema ni. Ca'l gwared ar hunlla'r bilia a'r galwada ffôn yn mynnu ein bod ni'n talu hen ddyledion, hen bres oedd 'di mynd i ebargofiant ers tro. Medru osgoi llygid siomedig Elen a Megan wrth orfod ailddeud, fel tiwn gron, 'No, you can't have, money doesn't grow on trees.'

Mi fydd Dolig nesa'n tŷ ni'n llawer llai diflas na'r celwydd o Ddolig gawson ni'r tro dwytha: y genod yn agor anrhegion ail-law, a Malcolm a finna'n gwingo wrth feddwl faint o log fysa ar y ddyled amdanyn nhw.

Mae Stiw'n gwasgu fy llaw, fel tasa fo'n medru synhwyro be dwi'n feddwl. Dwi'n meddwl weithia ella'i fod o.

Dwi'n symud mymryn yn fy sedd ac, wrth neud, yn teimlo 'nillad yn fudur amdana i. Bath. Dyna'r peth cynta dwi am 'i roi'n wobr i mi fy hun unwaith cyrhaeddwn ni'r tŷ. Bath hir braf. Mi ddyliwn i fod wedi pacio ail set o ddillad cyn cychwyn am Landudno, ond ro'dd cymint ar 'y meddwl i.

Bath. Ar ôl i mi sodro May yn 'i chadair a deud ta-ta wrth Stiw.

Yn Llandudno, mi adawish iddo fo neud y penderfyniada i gyd. Mynd efo'r llif nesh i a gadal i'r brawd mawr drefnu a chynllunio. Mae Stiw bob amser 'di medru neud hynny'n well na fi. Mae o'n gweld ffordd drwy'r twllwch i rwla, a dwi'n dilyn. Dilyn, fel dwi 'di neud erioed. Stiw siaradodd efo warden cartra yr henoed, Stiw fu'n trafod ar y ffôn efo Malcolm, Stiw fu'n siarad fwya efo May...

'Mond gobeithio cysgith hi'r holl ffordd i Lundan.

SIW

Ma'r hen wreigan yn symud... oes 'na obaith ca i 'mraich yn ôl? Oes 'na, hec! Mae hi'n pwyso'n drymach nag erioed ar fy ysgwydd i. Trio dygymod, dysgu dygymod. Ella mai dim ond cyn belled â Chaer ma'n nhw'n mynd.

'Be am glo?' gofynna yntau. Mand ddim yn deall. 'Ar 'i drws hi.'

Pwy *ydi*'r rhain? Fedran nhw byth â bod yn siarad am yr hen wreigan.

'Ma rhywun yn siŵr o sylwi, Stiw... hen drwyna 'di petha'r sosial syrfisys 'na. Fasan *nhw* ddim yn hapus iawn.'

Gwga Stiw arni, heb adael unrhyw le i ddadl. Mae o'n taflu cipolwg sydyn i 'nghyfeiriad i a chael a chael ydi hi i mi gau'n llygid cyn i'w rai fo ddisgyn ar 'yn rhai i.

Sbosib 'mod i'n deall y sefyllfa'n iawn. Sbosib bod y ddau gythral ma gyferbyn â fi – Stiw, a Mand ddudodd o? – yn bwriadu carcharu'r hen ddynas ma sy â'i phen ar 'yn ysgwydd i mewn cell o stafell fach? Dwi wedi camddallt petha eto, siŵr dduw, wedi darllen gormod i betha, wedi gorliwio er mwyn gneud y daith yn llai diflas. Dwi wedi cymryd yn erbyn y ddau o'r cychwyn, a rŵan mae pob gair o'u cega'n arf yn 'y meddwl i'n eu herbyn nhw. Creu storis o ddim byd, cynhyrfu'r dyfroedd llonydd er 'y nileit i fy hun.

Pam na alla i bwyso 'mhen yn ôl ar gefn y sedd fudur ma a theimlo llonyddwch?

Ers wsnosa, dwi wedi ceisio celu unrhyw wrthwynebiadau oedd yn tyfu'n ddistaw bach tu mewn i mi, eu mygu nhw oddi wrtha fi fy hun, rhoi'r amheuon dan glo a gneud fel roedd Pete yn 'i ddeud wrtha i neud, fel oedd Pete yn 'y *nghynghori* i neud.

'Gora po gynta gei di fynd. Ella cei di gyfla i fwynhau 'chydig ar Lundan 'run pryd.'

'W't ti'n dŵad hefyd, yn dw't ti?'

'Wrth gwrs, 'mach i... fydda i yna i afael yn dy law di.'

A dyna fo. Cau'r amheuon tu mewn. Gwell peidio trafod, rhag troi'r drol. Dim ond derbyn.

PETE

'Heb siw na miw,' medda Dan sy'n cuddio'i lygid wrth ddeud ac yn tynhau'r belt mawr du â'r bwcwl arian chwe-ochrog sy gynno fo ers rysgol, a dwi'n teimlo'r belt yn gwasgu esgyrn 'yn fferra i ac yn cnoi'r cnawd yn gig, a Dan yn estyn llyfr i daro hoelen arall i sodro'r gadair dana fi'n dynnach i'r llawr a finna'n trio sgrechian, ond ma sgarff capal Siw am 'ngheg i'n 'y nhroi i'n fud sy hefyd fatha taswn i'n hanner dall achos

nes i'm sylwi bod Noi a Siw 'di cer'ad i mewn i'r stafall ma yn
y gwesty ac yn sbio arna i cyn torri allan i chwerthin dros bob
man ar 'y mhen i, a dwi'n gweld be 'di'r llyfr sgin Dan i daro'r
hoelion ond tydi o'm yn 'y nghlwad i'n sgrechian, er bod o'n
clywad y genod yn chwerthin achos mae o'n troi i arwain y
ddwy, fathag arwain côr, ac maen nhw'n canu chwerthin,
y ddwy'n canu cordia harmoni – sut ma Siw'n medru canu
harmoni? – ond ma hi, a ma Noi, 'Ni bydd diwedd, Ni by-ydd
diwedd!' – a Dan yn arwain a chanu fatha cloch, fatha

Larwm yn Aberystwyth. Gwely diarth

Ma'r glustog yn wlyb o chwys a 'ngwallt i'n gwthio'n gylffau
i bob man wrth i fi wasgu'r botwm i ddistewi'r sŵn yn
galed nes taro'r cloc ar lawr. Anadlu dwfn i yrru'r hunlle ar
ddisberod, a 'molchi yn y distawrwydd wedi'r sgrech yn fy
mhen. Anadl ddofn arall, ac un arall. Gwely mawr a 'mond
fi ynddo fo. Mor braf fasa aros yma'n lle codi cyn codi
cŵn Caer a Chrewe a bob man rhwng Bangor a Llundan,
ond ma Siw'n mynd i fod yn aros a finna isio bod yno iddi.
('Mond gobeithio iddi ddal y trên, ond mi 'swn i wedi cael
gwbod, 'yn byswn, tasa hi heb lwyddo?)

Siŵr bod 'na baciad o goffi 'sa'n gneud y tro fel
brecwast, neu yfish i hwnnw neithiwr ar ôl y cwarfod?
Codi i sbio ac ysgwyd dafnau ola'r hunlle'n rhydd i fynd ar
goll yng ngharped hyll y gwesty – 'sa'n well taswn i wedi
derbyn cynnig y capal i aros efo un ohonyn nhw, ond codi
am hanner awr wedi pump, chwara teg! 'Sa'n ormod i
ddisgwyl a cha i'm brecwast gwesty chwaith 'radag yma o'r
bora, ond ma'n siŵr bod 'na –

Oes! Paciad llwyad de o goffi, neith tro bora ma a finna ar ras i'w chwarfod hi, a 'mond gofal pia hi a'r ffordd mor bell. 'I chymyd hi gam wrth gam, Aber, Llandysul, Caerfyrddin, Caerdydd, lle bynnag wedyn, 'mond traffordd, peidio gwylltio, Dy ofal Di trosof a throsti hitha.

Gwasgu botwm y teciall a rhwygo'r paciad coffi â nannedd a llithro i'r jîns a'r crys-T o'r bag, stwffio dillad neithiwr rwsut rwsut i'r bag, 'mbwys am rŵan, dwi isho mynd i Lundan at Siw.

Jog 'sa'n dda, jog i glirio'r pen cyn gyrru. Bechod na 'sa Siw wedi dal yr ysfa redeg. Gwell ganddi ddeffro'n 'i hamser 'i hun, diosg haenau cwsg yn raddol o un i un. Be oedd yn yr hunlle 'na, sgrechian a chanu a chwerthin a Dan? 'Mbwys, mi fydd hi wedi 'ngadal i toc. Brecwast yn Llundan bore ma, a'r addewid yno ar fin agor y drws ar bennod arall i Siw a fi. Ac mi anghofia i'r jog am bore ma. Tân dani, panad a chychwyn, Llundan a Siw.

SIW

Fatha Dan, mae gin i lygid at liw, at baentio llwyd y byd a chreu 'mhatrymau'n hun, fy straeon 'yn hun. Roedd Dan yn byw ei straeon o, ond mae fy rhai i dan glo, yn gaeth i fudandod, yn ddiogel tu mewn. Does arna i'm awydd eu rhyddhau, eu gwisgo amdana i a gweiddi ar fyd a betws i agor eu llygaid a'u gweld, fel nath Dan. Wiw i mi. Gwell gen i guddio fy siaced fraith a chogio byw'n llwyd efo Pete y gŵr: llwyd y llwybr cul. Ma'r llwyd yn gyffyrddus, yn bleser hyd yn oed, pan fo gen i fy lliwiau tu mewn i 'nifyrru i.

A dyna ydi hyn rŵan, geiriau ar chwâl yn dod at ei

gilydd dan fy rheolaeth i. Ma'r ddau'n deud rhwbath cwbwl wahanol i'r hyn sy'n 'y nghyrraedd i. Creu gwe o ddiddordeb o gwmpas 'u geiriau dwi. Gwyrdroi'r gwir. Dyma ddau ifanc yn ista gyferbyn â fi, sy'n mynd â'r hen wreigan adra, lle bynnag ydi adra, at gariad o ba fath bynnag, at ofal, at normalrwydd, a finna'n gwyrdroi'r cyfan ar amrantiad a chreu angenfilod o'r ddau, creu dihirod sy'n bwriadu niweidio.

Ma'r hen wreigan yn chwyrnu'n 'i chwsg. Dwi'n teimlo cryndod ei hanadlu'n ysgwyd 'y mraich i. Anadlu anwadal, anadlu ddaw i ben ymhell cyn f'un i a'r ddau arall ma.

Dyna sy'n eu cymell, ma'n rhaid. Arian. Ma'r ddau'n bachu ar eu cyfle i neud eu ffortiwn a chynnig to uwch ei phen, to a chlo yn gyfnewid am le ar frig ei hewyllys. Mae gen i filiwnydd yn sownd wrth fy ysgwydd. Ella mai'i llwgu i farwolaeth ydi'r cynllun, ei chloi hi yn y twll dan grisia a gadael iddi drengi. Dyna sydd o'i blaen ar ddiwedd y daith. Marwolaeth erchyll a neb ond y ddau yma'n gwylio. Dwi'n ei theimlo hi'n chwyrnu ac yn difaru rhoi gormod o raff i 'nychymyg.

Ma'r trên yn arafu. Daw Caer i'r golwg o'r diwedd. Ma'r plant afreolus yn pasio i gyfeiriad y drws, yn barod i'n gadael, a blinder yn dechra deud ar wynebau'r rhai ieuenga, er gwaetha pob ymdrech i'w oresgyn. Pasia'r ddwy fam heibio i mi, a lludded ym mhob cam o'u heiddo. Dydyn nhw ddim yn edrych i'n cyfeiriad.

Dydi'r ddau gyferbyn â mi ddim yn symud. Mand a Stiw. Dwi'n gaeth yn eu cwmni am 'chydig eto, a phen yr hen wreigan yn dal i bwyso'n drwm ar fy ysgwydd.

'Fydd hi'n fwy o drwbwl nag o werth,' medd hi

wrtho fo. Mae hi'n difaru.

'Meddylia am y pres!' medda fo wrthi, gan geisio ffrwyno'i angerdd.

Mae rhwbath yn suddo yn fy stumog. Dihirod!

Daw'r trên i stop, a'r plant yn rhedeg allan. Gwelaf nhw'n pasio fy ffenast ar y platfform, eu traed yn rhydd a siopau'r orsaf yn denu. Daw gwaedd o enau'r ddwy fam, y ddwy'n anelu'u rhegfeydd at wahanol rai o'r plant, heb gael unrhyw effaith. Ma'n nhw i gyd yn diflannu o 'mywyd i.

Gan fy ngadael i efo'r ddau ddihiryn sy'n eistedd gyferbyn â fi. Ei bapur newydd o ar y bwrdd yn 'y nghyffwrdd i, yn dal straeon am bob matha o ddihirod eraill. Ddyliwn i ddeud rhwbath, rhag ofn?

Gwell peidio. Mae gen i fy stori'n hun i'w byw. Cadw dy drwyn at dy stori dy hun, 'rhen hogan, ma honno'n ddigon o goflaid, ac mi fydd Pete yn Euston i neud petha'n gyffyrddus unwaith eto i droi'r stori'n llwyd.

Dwi'n llwyddo, heb symud gormod rhag tarfu ar gwsg melys yr hen wraig, i droi 'mhen at y ffenast.

Ond ma'n nhw yn nrych y ffenast hefyd – fo, hi a'r hen wraig ar fy ysgwydd.

MANDY

Caer. A dim golwg symud ar y sychan ddi-hwyl. Dydi hi prin yn sbio arnon ni. Ma'r byd tu allan lawar mwy diddorol na ni'n tri. Stwffio hi. Tasa hi ond yn gwbod fy stori i. A stori Stiw.

Dwi'n mwytho fy llaw lle bu'r fodrwy ac ma Stiw'n sylwi.

'Gei di brynu un arall,' a finna'n gwenu arno.

Gwerthu fy modrwy na'th i mi sylweddoli'n iawn pa mor dlawd oedd hi arnon ni. Malcolm a'th â hi – ar ôl egluro wrtha i mai dyma'r unig ffordd o dalu'r rhent am y mis i ddod. Arosish i i Malcolm fynd allan drwy'r drws cyn cracio. Y mis wedyn, to'dd 'na'm pres i'r rhent na modrwy i'w gwerthu am do dros 'yn penna, a dyna pryd dechreuodd y benthyciada llog uchal, a thyrchu twll diwaelod i ni'n hunain.

'Diolch, Stiw,' dwi'n deud wrtho, gan fethu cuddio'r cryndod.

Caer. Fi a Stiw a May ar daith, a chrochan llawn trysor ar 'i phen draw. Fi, Stiw a May – a hon sy'n mynnu rhannu'r daith efo ni.

SIW

'Mam!'

Hi oedd y person dwytha o'n i'n ddisgwyl ei weld nos Wener. Wedi'n hymweliad ni â hi yng Nghaerdydd fis yn ôl i dorri'r newydd, a'r llythyrau di-ben-draw a'r bygwth a'r bytheirio oddi wrthi wedyn, dyma hi ar garreg 'y nrws i ym Mangor.

'Dw't ti ddim yn mynd i Lundain,' meddai wrth wthio'i ffordd i mewn i'r fflat, 'a dwi wedi dod fyny ma i ddeud hynny wrtha chdi a'r tipyn gŵr 'na sy gin ti.' Ar ôl deunaw mlynedd o liwio'r byd i mi, a llywio 'myd i, mae hi'n dal i gredu bod ganddi'r hawl i neud hynny, a finna'n ddynas briod bellach.

Nath Pete ddim gwylltio o gwbwl, chwarae teg iddo fo. Dim ond ei chroesawu'n rasol fel bob tro arall. Tynnodd hynny beth gwynt o'i hwyliau – doedd dim yn waeth ganddi na gelyn nad oedd yn ymddwyn fel tasa fo am ymladd. Bwrw iddi'n blwmp ac yn blaen ydi hi efo Mam. Ac mi fwriodd iddi ar unwaith.

"Sna'm rheswm yn y byd iddi fynd!' gwaeddai wrth i Pete gymryd ei chot.

'*Pob* rheswm yn y byd,' meddai Pete tu ôl iddi, fel na allai hi ddarllen ei wefusau. Dan din, meddyliais. O leia dadleua hefo hi yn ei hwyneb.

'Ma hi 'di byw 'i bywyd yn llawnach na lot o bobol fel ma hi. I be ma isio newid petha? I be w't *ti* isio'i newid hi?' daliai i weiddi arno.

'Am 'y mod i isio'r gora iddi,' meddai Pete.

'Dw *i* ddim? Dyna ti'n drio ddeud?'

'Ma'r drinia'th ma'n bwysig, Nesta.' Pwyllog, annwyl hyd yn oed. Ac yn glir o flaen ei hwyneb y tro hwn, dangos parch. Dadlau teg, dadlau ar ei thelerau hi. 'A beth bynnag, dyna ma Siw isio.'

Fedra i ddim plesio'r ddau'r tro hwn. Fedra i'm cadw'r ddysgl hon yn wastad. Pete ydi 'ngŵr i'n diwadd, fo dwi wedi'i ddewis, fo sy wedi 'newis i. Ond pan gyhuddodd Mam o o drio 'nwyn i oddi arni am byth drwy 'ngyrru i i Lundain i gael y driniaeth ar 'y nghlyw, fedrwn i ddim llai na chytuno efo hi. Mae Pete yn fy hawlio i iddo fo'i hun, a finna'n ildio am 'i fod o'n ŵr i mi. Fydda i ddim 'run fath i Mam, fydda i ddim 'run fath i neb. Ond newid er mwyn Pete fydda i, dŵad yn berson mwy cyflawn fydd yn medru mwynhau bywyd yn ei gyflawnder gydag o. 'Y ngholli i fydd Mam, 'y ngweld i'n mynd drosodd i'r ochr arall, a'i gadael hi ar 'i phen 'i hun gyda'i byddardod.

Damia! Sylwais i ddim tan rŵan cymaint ma'r llunia

yn nrych y ffenast wedi pylu wrth i'r haul gryfhau. Dwi'n ei chael hi'n anos darllen y ddau wyneb a'r gwefusa annelwig.

Beryg 'mod i'n mynd i golli gweddill y stori am ei bod hi'n ddiwrnod braf.

3
CAER

SIW

Mynd allan i osgoi'r lluniau naethon ni. A'r tyrrau'n dal i losgi, mi ofynnodd o i mi weddïo efo fo. Dyna'r tro cynta iddo neud hynny, a toedd gen i fawr o syniad be i ddisgwyl: cau llygaid ac offrymu gweddi fach yn 'y meddwl dros yr eneidiau oedd yn dal yn y ddau dŵr, 'ta be? Ond ces wbod wrth iddo ddisgyn ar ei liniau a gafael yn 'y nwylo fod disgwyl i mi neud yr un fath, a'i weddi fo oedd hi. Cedwais fy llygaid ar agor i wylio'i geg yn ynganu 'Canys felly y carodd Duw y byd fel y rhoddodd efe ei unig-anedig Fab fel na choller pwy bynnag a gredo ynddo ef, ond caffael ohono fywyd tragwyddol', ac yna mi lefarodd 'Ein Tad' a finna'n neud yn beiriannol efo fo, a go brin lwyddon ni i achub 'run o'r rhai oedd yn llosgi yn y tyrrau. Yna, ar ôl gwylio ychydig mwy, troi cefn ar lwch y tyrrau am na fedrai'r un ohonon ni'n dau ddioddef gweld rhagor. Pete awgrymodd Foel Eilio: roedd o wedi bod ar ei gopa ddwywaith o'r blaen. Byddai'n rhaid dal dau fws, ond byddai'r mynydd yn mwy na gwneud iawn am y drafferth, mynnai.

'Llai o draffig na'r Wyddfa,' meddai wrth ddisgyn oddi ar y bws yn Waunfawr.

Doedd arna i'm tamaid o awydd dringo mynydd ond

roedd Pete wedi mynnu, ac wedi taro i siop y gongl am docyn o de i ni'n dau 'i fwyta ar y copa. Ro'n i'n poeni braidd nad oedd hi'n mynd i fod yn ddigon golau i ni weld y llwybr ar y ffordd i lawr, ond ro'n i'n gwbod bod Pete wedi bod yn dringo copaon Eryri ers sawl blwyddyn bellach ac nad oedd yn ystyried cyrraedd copa Moel Eilio'n fawr mwy o sialens na mynd am dro. Roedd y lluniau wedi gneud i'n ddiffrwyth, a lwyddais i ddim dod o hyd i ddigon o nerth i'w wrthod.

'Sut ma unrhyw un yn methu gweld Duw o fa'ma?' gofynnodd – a gymish i mai fi oedd yr 'unrhyw un' oedd ganddo dan sylw – wedi i ni ddrachtio o'n dwy botel ddŵr ar y copa. O'n blaena, gorweddai Arfon a Llŷn fel cwrlid clytwaith cain a daenwyd ar ein cyfer, a thu draw, roedd Môn eisoes yn gwisgo'i choban a rhannau o Gaernarfon yn wincio arnon ni'n dau; prin oedd y dystiolaeth bod dynion o gwbl oni bai am ambell stribyn stryd neu smotyn bwthyn hwnt ac yma'n disgleirio o'r gwyrddni.

'Ddim yn fa'ma mae o, 'na pam,' atebais, heb fedru cnoi 'nhafod yn ddigon sydyn: to'n i'm isio sbwylio pethau.

'Lle 'ta?' Gallwn ddeud bod fy ateb wedi'i synnu.

'Yn y tyrra 'na yn America,' meddwn. 'Fa'nno a lawr fan'na lle ma pobol ym mhobman yn ca'l damweinia, yn lladd 'i gilydd a'n marw o gansar.'

Fedrwn i ddim cadw'n ddistaw. Roedd lluniau'r awyrennau a'r ddau dŵr yn dymchwel wedi agor drws y stafell fach yn y sbyty lle gorweddai 'nhad yn fach ar 'i glustoga, a finna'n llaw Mam wedi mynd i ddeud 'helô' oedd yn 'da-ta' hefyd – 'mond i'r drws, rhag baeddu

37

'mhum mlwydd â'i farwolaeth.

'Dy dad...' dechreuodd Pete. Ro'n i eisoes wedi sôn am y cansar oedd wedi bwyta tu mewn i Dad, ond dim ond deud didaro, dideimlad oedd hynny; to'n i ddim wedi agor drws y sbyty go iawn – i Pete, nag i mi fy hun. 'Ma Duw yn y da *a'r* drwg,' medda fo wedyn yn glwyfus.

'Handi iawn 'i ga'l o weithia,' meddwn i, gan wbod 'mod i'n brifo, "tasa 'mond er mwyn ca'l rwbath i feio. Bastad brwnt.'

Gafaelodd Pete yn fy mreichiau'n chwyrn nes dod â dagrau i fy llygid: nid am iddo 'mrifo i, nath o ddim, ond am 'y mod i'n dal i feddwl am y dyn llwyd oedd wedi mynd yn rhan o'r clustoga dan 'i ben.

'Mae o'n dy garu di,' plediodd Pete. 'Sbia ar y byd, sbia bob dim da sy yn'o fo ar 'yn cyfar ni. Mond 'i dderbyn o sgynnon ni – 'i dderbyn o, a derbyn mai Fo 'di'r Rhoddwr.'

Ro'n i'n crio'n agored erbyn rŵan a rhaid bod Pete wedi meddwl bod ei bregeth, a cherrig copa Moel Eilio'n bwlpud iddo, yn cael effaith. Ond dagrau Dad oeddan nhw, dim dagrau Duw.

'Hunanol 'di o,' sniffiais.

'Petha hunanol ydi cariadon,' atebodd Pete, gan fwytho 'ngwallt i'n annwyl.

Ar y ffordd i lawr, a'r haul yn ddigon isel i fedru sibrwd cyfrinach wrth ysgwydd Ynys Cybi, trodd Pete ata i a gofyn o'n i'n teimlo'n well. Edrychais ar yr haul ac anadlu'r olygfa'n ddwfn.

'*Mae* o yma,' meddwn yn dawel, heb ddeud ai Duw ai Dad, ac yn y pen draw, yr un peth oedd o am wn i.

Rhaid bod Pete 'di cymryd mai Duw o'n i'n feddwl achos y noson honno dan 'i boster 'Nef a daear a ânt heibio...' mi dynnodd o 'i jins, ac wedi wthnosa o rwystredigaeth ar fy rhan, (mi gâi Iesu Grist a Dewi Sant fod yno efo ni cyhyd â'n bod ni'n cyrraedd y gwely) bedyddiwyd mwy na'r shîts.

PETE A SIW

Rhyfedd fel ma cariad rhwng dau'n dod yn raddol, fel diosg dillad o un i un, a dim o'r nonsens 'cariad ar yr olwg gynta' ma. Peth i'w feithrin a'i berffeithio ydi o, i'w ddysgu'n ara bach a gweithio'n ddygn arno. Yn fflat Noi, pan welish i hi gynta, a Dan yn mynd drwy'i antics, nesh i 'mond gweld ffrind i Noi, hogan ddigon clên, a'i lleferydd hi'n floesg fatha tasa hi wedi cael llawer gormod i yfed. Doedd y ffaith 'i *bod* hi wedi yfed gormod ddim yn helpu i greu argraff gynta ohoni, ond dwi'n 'i chofio hi'n cochi pan ddudish i mai hi oedd y ferch yn y berthynas roedd Dan wedi'i chreu'n 'i feddwl meddw i dynnu arnyn nhw. I sbeitio Noi ddudish i hynny, nid i neud i Siw gochi, ond fel digwyddodd petha, doedd 'na'm otsh. Rhaid bod y llwybr wedi'i osod i mi cyn bellad yn ôl â hynny: nath bethau'n haws, unwaith y daeth Siw i fod yn fwy na dim ond ffrind i Noi.

Toedd o'm yn erchyll achos roedd 'na argae o awydd amdano fo 'di bod yn tyfu tu mewn i mi ers wthnosa, a chymaint o'i isio fo ym mhob gewyn o 'nghorff, fel bod fy meddwl wedi dechra cymylu drosodd – niwl ysfa'n cordeddu drwy bob sgwrs efo fo, pob meddwl amdano fo – ac ro'n i'n gwbod y byswn i'n ffrwydro rhwsut, rywfodd, 'mond iddo fo osod blaen bys ar unrhyw ran newydd o 'nghnawd i

y tro cynta hwnnw ar ôl dod i lawr o ben Moel Eilio, cydffrydio drwy afon oedd y nod, dau feddwl ar yr un llwybr, dau fywyd yn darganfod 'i gilydd drwy'r posibiliadau oll, ymestyn ein gwifrau at ein gilydd a ffrwydro'n undod. Siw, yn offrwm, ac yn wobr orau un

ond unwaith yr agorwyd y fflodiart wrth iddo fo fentro i'r mannau dirgel am y tro cynta, buan y mygwyd yr ias a rhyw rwbio dwl bwriadus yn dod yn ei lle, ac yn lle fflamio'n goelcerth, diflannodd yr ysfa ynof i, fel chwythu fflam cannwyll, nes gadael dim ond edau o fwg i ffisian am ennyd cyn diflannu

cau lluniau'r tro cynta o 'mhen, ceisio canolbwyntio ar yr hyn oedd mewn llaw a gorfodi'r weithred ar fy llwybr, ysu'r lluniau eraill o 'mhen, a dymuno, ewyllysio troi'r weithred hon yn dro cynta'n lle'r llall

ac roedd rhaid dal ati er ei fwyn o, a'i ysfa'n 'y nharo i eto'n rhwbath bwriadus roedd ei ben o'n ei orchymyn o i neud, yn lle'i fod o'n cael 'i arwain gan reddf, ceisio peidio cymharu â'r troeon cynt, yn y coleg, efo dynion oedd â bechod drosta fi tan wedyn na fyswn i byth yn sôn amdanyn nhw wrth Pete

a gwbod bod rhaid llwyddo yn symud y nod yn bellach bellach oddi wrtha i, neud yr hyn ro'n i'n feddwl oedd ei angan i gael gorffen

os oedd o'n sibrwd geiriau serch yn 'y nghlustia i, theimlish i ddim o'u hangerdd

a diolch nad oedd rhaid ffugio geiriau ac ebychu pleser i'w chlustiau gwag

ac mi gymrodd tan tudalen ola'r stepan drws o

lyfr roedd o'n 'i ddarllen yn 'i ben ynglŷn â sut i fynd ati, fatha cyfarwyddiadur ar sut i yrru car, a do, mi gyrhaeddodd yn y diwedd, cyrraedd yn otomatig, beiriannol, fel tanio injan oer

a gadewais i luniau'r tro cynta lenwi 'mhen, dim ond am eiliadau'n unig, a llwyddo

a chnoi 'ngwefus wrth droi i orwedd ar 'y nghefn, fel fo, a'n dwylo, dim ond ein dwylo, ynghyd, a sylweddoli mai dyma ma'n rhaid oedd ei dro cynta, a fynta bron ddwy flynedd yn hŷn na mi, ac er gwaetha blynyddoedd o goleg a blynyddoedd wedyn o esgus coleg wrth iddo fo droi fwyfwy ym mhetha'r capal yng Nghaerwysg, sylweddoli mai fi oedd o wedi'i dewis, a difaru, poeni'n enaid na allwn fod wedi neud ei dro cynta fo'n well tro cynta iddo fo.

llwyddo efo 'mhen i gyrraedd.

SIW

Tydi'r troeon erill heb fod mor erchyll, dysgu boddio fy hun er ei waetha fo, a tydi'r arolygon barn ma yn y cylchgrona'n golygu dim, y pwyslais ar sawl gwaith yn lle'r ansawdd, neu'r ansawdd yn lle sawl gwaith, a be bynnag, ma'n digwydd yn amlach rŵan gan fod ca'l plant ar yr agenda, sy'n rhoi mwy o gyfle i mi berffeithio'r grefft o neud y gora o be sgin i.

Ar y ffordd i lawr o ben Moel Eilio, roedd Pete wedi gofyn i mi os o'n i *isio* credu bod Duw'n rhwbath mwy na rhywun i'w feio am fynd â Dad, ac ro'n i wedi ateb yn onest na fysa dim 'swn i isio'n fwy na Duw felly; roedd o 'di gwenu, ac wedyn 'di gofyn o'n i'n barod i dderbyn Duw felly, a finna wedi ateb 'y mod i, wrth gwrs 'y mod i a Pete wedi cusannu bob modfedd o fy wyneb fel plentyn teirblwydd yn cael ei adael yn rhydd mewn siop dda-da; a finna rŵan yn gallu gweld mai be o'n i isio go iawn y diwrnod hwnnw oedd i Pete feddwl digon ohona i, ohona i fel person a siâp 'y nghorff i, i fentro i mewn i fy nicar i.

'Dwi'n dy garu di,' medda Pete wedyn dan y poster 'Nef a daear' wedi'r symud cnawd wrth gnawd. Wedyn. Yn ddigynnwrf, bendant, glir ar ôl troi i sbio arna i'n llithro i afael cwsg, fel tasa fo wedi bod yn ystyried yn hir oedd o am ddeud y geiriau ai peidio. Erbyn hyn, dwi ddim mor siŵr efo pwy roedd o'n siarad.

Byddai Dan wedi cynnal sgwrs â'r ddau ma o 'mlaen i a'u cargo oedrannus.

Ella bod y cyfeillgarwch agos rhwng Pete a Dan yn rhan o'r hyn a'm denodd i at Pete yn y lle cynta – y dwys a'r digri, y jôc a'r weddi, y cenhadwr a'r clown. Pete a Dan yn un pecyn.

'Iesu Grist Bach wedi dŵad o hyd i'w Fair Fagdalen, 'ta?' Cofiaf eiria Dan wrth iddo chwerthin o'i hochor hi am ben ei ddigrifwch o'i hun, a finna'n trio sleifio i lawr y coridor am y drws allan.

'Cau dy geg, Dan.' Doedd Pete ddim mor hoff o'r tynnu coes er cymaint o ffrindiau oedd y ddau.

Ond cyfnod da oedd hwnnw. Pete a fi, Dan a Noi – pedwarawd bach diddig i bob golwg: Pete y glas tywyll a'r llwyd yn sylfaen syber; Noi y gwyrdd gola a'r melyn yn tynnu'n groes, tynnu'n groes, yn llamu'n chwim a mynnu sylw rhag cael ei llusgo i'r lle dwys lle llechai'i brawd yn bresenoldeb trwm trwy bob dim; fi'n wyrdd tywyll a glas gola rhwng y ddau'n trio gwneud synnwyr o'u pegynnu; a Dan... Dan y coch llachar a'r piws a'r oren yn bownsio trwom a throsom a'i liwiau'n drech na'r gweddill ohonon ni: Dan a'r sbort yn ei ddilyn i bobman. Neu o leia dyna'r lliwiau yn 'y mhen i: ella bydd gallu clywed yn gneud i mi weld yn wahanol hefyd.

Rhyfedd pa mor hir gymrodd hi i mi ddod yn ymwybodol o'r pellter sy rhwng y brawd a'r chwaer. Aeth y peth ar goll, o bosib, am ein bod ni'n bedwarawd mor gyfforddus, ond dechreuais sylweddoli'n fuan nad oedd Noi byth yn mynd adra i weld ei rhieni fel y gwnâi Pete yn rheolaidd, ac roedd rhwbath yn brennaidd yn y ffordd roedd ei thad yn gofyn i Pete – bob tro yr aen ni yno – sut oedd hi, fel tasa'r gofyn yn ddefod i'w pherfformio yn hytrach na'i fod o isio gwbod go iawn. Dwi'n cofio Noi'n egluro wrtha i nad oedd ganddi ddim i'w ddeud wrth eu culni gorddefosiynol, ac yn wahanol i fi, fedrai Noi ddim cadw ei cheg ar gau. Gwyddwn, heb iddi hi na Pete ddeud fawr o ddim byd i'r perwyl, mai drwy lygid ei rieni y gwelai Pete ei chwaer.

Hanner ffordd i fyny'r Wyddfa oeddan ni'n pedwar, wrth droed Allt Goch, yn y cyfnod braf pan o'ddan ni'n bedwarawd a Carwyn Richards heb ddod i ddwyn Noi oddi wrthan ni.

Ro'n i wedi eistedd ac wrthi'n bwyta brechdanau i'm cynnal dros y 'plwc bach' anferthol o hir o allt o'n blaena. Sylweddolais yn sydyn fod Pete a Noi'n ffraeo'n ffyrnig rai camau i ffwrdd o lle'r eisteddai Dan a finna. Ro'n i'n ymwybodol eu bod nhw wedi bod yn cecru rhywfaint ar y ffordd i fyny – neu Noi'n trio bachu, a Pete yn trio peidio llyncu'r abwyd – ond roeddan nhw benben bellach.

'Tyfa i fyny, nei di? Stori i blant 'di Genesis!' darllenais hynny bach ganddi cyn iddi blygu i godi carreg fel rhan o'i darlith a dal ati i faldorddi am oed honno wrtho. Doedd Pete ddim isio dadlau ond yn methu peidio hefyd.

'...dyna ma'n *ddeud*...!' daliais a throdd yntau eto fel na allwn ddarllen mwy.

Fedrwn i ddim dilyn fawr o'u dadl, ac ro'n i'n teimlo'n gwbl alltud yn fy myddardod, wedi 'nghau rhag gallu cynnig unrhyw obaith o gyfaddawd.

'Adda ac Efa...' rhwbath, gin Noi'n wawdiol, ac mi afaelodd Pete yn ei garddyrnau fatha gnath o i fi ar Foel Eilio, ond châi o 'mo'i chwaer i ildio mor hawdd ag a nes i'r diwrnod hwnnw. Roedd hi'n poeri Genesis nôl ato'n sarhaus, a'r adnodau ganddi ar flaenau'i dyrnau.

'Saith diwrnod o ddiawl! Ac wsti be?' chwerthodd yn ei wyneb. ''Sna'm Siôn Corn chwaith.'

Cofiaf wylio wyneb Dan, a'r crebachu bach yn ei dalcen wrth iddo wingo dros Pete dan lach tafod ei chwaer. Dim byd mwy na hynny. Cofiaf hefyd mai fi ddoth â'r cyfan i ben. Tynnais anadl ddofn a sgrechian nerth esgyrn 'y mhen. Neud digon o sŵn i darfu ar eu ffrae oedd y bwriad, a daliais ati i sgrechian fatha rhwbath ddim yn gall. Siŵr gen i eu bod nhw'n 'y nghlywed i'n Llanberis yn ôl yr olwg hurt ar wyneb Pete a Noi. Dyna pryd y penderfynodd Dan ymuno yn y sgrechian, fo a fi'n goch at ein clustiau ac yn chwys laddar, yn sgrechian nes bod pob brân a chigfran ar Glogwyn Du'r Arddu'n cythru am noddfa dros ochr y graig i Gwm Hetia rhag ein sŵn, nes i'r sgrechian droi'n chwerthin ynfyd yn Dan a fi a heintio Noi hefyd mewn rhai eiliadau.

Noi a Dan a fi gyrhaeddodd y copa. Fedrai Pete ddim gweld yr ochr ddoniol, gwaetha'r modd, ac aeth yn ei ôl i lawr o Allt Goch ar ei ben ei hun a'i ên o yn ei sgidiau.

Carwyn Richards roddodd ddiwedd ar ein pedwarawd ni. Be welai Noi ynddo fo, dwi'n dal ddim yn siŵr. Roedd o'n ddel, oedd, ond yn bell rhwsut, a fysa Dan byth yn meiddio tynnu arno. Doedd dim o firi bywyd coleg ynddo. Ond dyna ni, os mai fo oedd dewis Noi ar y pryd, fedrai Dan na fi neud dim ond derbyn y ffaith. 'Fi fawr' oedd enw Dan arno, ond dim ond fi oedd yn gwbod hynny, a 'run ohonon ni'n dau'n mynd i fentro'i alw'n hynny o flaen Pete, hyd yn oed. Be bynnag oedd hwnnw'n ei feddwl o gariad ei chwaer ar y pryd, doedd o ddim am rannu hynny efo ni.

'Chwertha, Pete, dydi hi ddim yn ddiwedd y byd eto,' dwi'n cofio Dan yn tynnu arno. 'Mi gei di ddigon o rybudd ganddo Fo pan fydd hi. Chdi fydd y cynta ar restr y cyfiawn, garantîd i chdi.'

Gwên fach dila gan Pete cyn troi'r pwnc. Dim ond Dan oedd yn medru tynnu'i goes am betha difrifol. Doedd gwamalu Dan ddim yn ei gynhyrfu am mai Dan oedd Dan, a gwyddai Pete fod Dan yntau'n credu yn yr un petha ag o. Credwn ar un adeg mai mynd drwy'r mosiwns oedd Dan, nes i fi ddechra mynd i'r capal a thystio i'r gweddnewidiad llwyr a ddôi drosto'r eiliad y cerddai i mewn drwy'r drws. To'n i ddim yn nabod Dan yn y capal. Welais i neb mor ddwys ei wrandawiad o bregeth â fo, na neb mor daer ei weddi chwaith. Dan yn y capal oedd

Dan i Pete, a Dan yn y dafarn oedd Dan i mi.

Fedrwn i ddim codi 'mreichiau mewn gorfoledd fel roedd Pete a Dan a'r lleill yn 'i neud na chanu'r emynau efo'r fath arddeliad. Awn drwy'r symudiadau er mwyn Pete, ond choelia i fawr 'mod i'n ei dwyllo fo chwaith. Ista yno'n llawn fwriadu dilyn y bregeth a chael fy hun ond funudau'n ddiweddarach heb syniad be gafodd ei ddeud. Ista yno'n meddwl be i neud i swper nos fory, nos Fawrth, nos Fercher... a ffurfio rhestr siopa yn 'y mhen. Gwelwn Pete, resi o 'mlaen, yn daclus gyffyrddus ymysg ei bobol. Julie a Rob, berffaith briod, orfoleddus achubedig, a'u gwenau'n bygwth tyfu'n fwy na'u hwynebau, a braich un neu'r llall neu'r ddau ohonyn nhw am ysgwydd Dan yn amlach na pheidio, fel tasan nhw am neud yn siŵr ei fod yntau hefyd â'i enw i lawr, jest rhag ofn bod Duw'n camddallt wrth glywed y gwamalu a'r tynnu coes a ddôi o'i geg tu allan i gorlan y capal. Fentrwn i ddim ista efo nhw rhag iddyn nhw ddechrau rhoi'u breichiau am fy ysgwyddau i a chodi 'mreichiau i drosta i mewn gorfoledd nad on i'n 'i deimlo.

PETE

Gas gen i feddwl amdani'n agos i Lundain ar 'i phen 'i hun a chymaint o beryglon ym mhobman bellach. Ac i feddwl bod Noi wedi 'nghymharu i â nhw.

'Eithafwyr 'dach chi gyd,' medda hi wrtha i ryw dro (ynghanol un o'r dadleuon tanbaid am Irac, siŵr gin i, ac mi oedd 'na sawl un). 'Ma'n ffydd i'n fwy gwir na dy ffydd di,' gwatwarodd mewn llais plentynnaidd. Fel bob tro arall, mi geisiais 'y ngorau glas i beidio â chael fy rhwydo – hynny'n unig mae Noi isio: fy machu ar abwyd ei dadl iddi gael lluchio sbeit dros bob agwedd o 'mywyd i, a gan nad ydi hi'n gweld tu hwnt i wyddoniaeth noeth, mae hi fel dadlau â rhywun sy ond yn gallu siarad iaith arall. Does dim ennill.

Fedra i'm aros i weld Siw er mwyn deud wrthi cystal cyfarfod fu neithiwr, capal llawn, canu gwych a'r anerchiad wedi plesio.

Mi weithiodd y 'tri phen' yn dda. Glynu at hen fformiwla traddodiadol y bregeth i gyflwyno'r Tri Christion Cyfoes. Deud yr amlwg nes i, fel bydd pregethau da. Y Cristion *24/7* sy'n byw a bod ei ffydd; y Cristion *1/7* sy'n Gristion bob dydd Sul; a'r un barodd fwya o dynnu gwynt neithiwr oherwydd y label roish i arno fo, a'r mwya cyffredin o lawer, y Cristion *9/11* sydd ond yn troi at Dduw pan fo'n argyfwng dybryd arno. Mynd ati wedyn i ddangos mai 'mond y *24/7* sy'n haeddu bywyd tragwyddol yng ngolwg Duw, na thâl cymedroldeb wrth fesur ffydd y Cristion yn y byd sydd ohoni, nad Cristion mo'r un 'canol-y-ffordd', sy'n dewis darnau o'r Beibl i'w bwrpas fel dewis pic-a-mics – 'gyma i'r *soft-centre* ond sgin i'm awydd y cnau...'

Bydd rhaid i fi gofio peidio cyfadda wrth Siw mai seilio'r Cristion *1/7* ar ei mam nesh i, er na fydd hi fawr o dro'n gweld y tebygrwydd. Nesta oedd gen i mewn golwg drwyddi draw wrth gwrs, ac mi nesh i'r gynulleidfa chwerthin ddwywaith neu dair wrth ddarlunio'r Cristion cymhedrol hwn sy'n gwisgo'i grefydd fel het Gymanfa, neu froetsh ar achlysuron arbennig i'w frolio ar frest er mwyn perthyn i'r set iawn o bobol. Cristnogion y traddodiad, a Chymru'n llawnach na nifer o lefydd eraill ohonyn nhw. Mi wthiais bethau ymhellach efo 'mhortread o'r Cristion *9/11*.

Gallwn weld 'mod i wedi mynd yn rhy bell yn ôl wynebau un neu ddau, ond nid y rhelyw. Lampwniais beth ar y truan yn wynebu angau wrth grynu'n ei sgidia yn stafell y doctor wrth glywed dedfryd marwolaeth, ond ma'n hen bryd i ni ddiriaethu'r neges, fel y gwnâi Siôn Cent a Bosch a Dante yn y dyddia cyn i ddyn ddechra meddwl 'i fod o'n fwy na Duw.

Trueni i raddau mai Cristnogion *24/7*, y rhai a achubwyd, oedd yno i wrando neithiwr. Gwnâi les i eraill glywed. A thrueni nad oedd Siw yno efo fi. Tro nesa ella.

Nesh i ddim mwy nag amlinellu manteision y driniaeth iddi, eu cyflwyno fel yr unig lwybr sydd ar agor iddi mewn gwirionedd, derbyn Ei rodd Ef iddi, yn caniatáu i feddygon ennill meistrolaeth ar eu crefft.

Byddai'n braf tasa Nesta'n gweld pethau'r un fath. Fedrith hi'm amgyffred fod yn rhaid newid pethau, bod y byd yma i'w fowldio er gwell. Dwi wedi trio dangos iddi, trio'i chael i weld mai er budd y dyfodol, dyfodol Siw a fi, mae angen y driniaeth.

Mae'n anodd ar Siw. Ond yn sgil y driniaeth, caf fwy o gyfle i siarad â hi, egluro mwy: dyna pam mae'r driniaeth mor bwysig. Mae cymint i'w ennill.

SIW

Ryw ddeufis wedi i Noi a Carwyn gychwyn mynd allan efo'i gilydd gynta, ro'n i yn y fflat, Pete a fi, reit ynghanol petha. Neidiodd Pete allan o'r gwely bach pan glywodd sŵn y gloch. Tynnodd ei jîns amdano fel tasa'r Farn Fawr ei hun wrth y drws.

'Ddim ond Noi fydd 'na,' meddwn inna gan dynnu

'nghôt nos amdana i, yn siomedig na chyflawnwyd y caru. 'Amseru perffaith fel arfer.'

'Gwisga dy ddillad,' gorchmynnodd Pete, ac mi nesh i'n ufudd.

Noi oedd 'no hefyd, yn wyn fel y galchen ar wahân i ddau smotyn coch poeth ar ei bochau.

'Pete...' Doedd hi ddim wedi disgwyl 'i weld o. 'Wel! Neud petha'n haws!'

'Be sy?' meddwn i.

'Gest ti swydd byth?' gofynnodd Pete yn ddigon sionc. Roedd Noi'n ei chael hi'n anodd dod o hyd i swydd ddysgu barhaol. Neb i'w weld isio athrawon Beiól yng ngogledd Cymru, a doedd ganddi ddim 'mynadd bwrw'i rhwyd ymhellach.

'Well i chi ista,' meddai Noi, gan gerdded yn gyflym o un pen i'r fflat ac yn ôl wrth i ni ufuddhau. 'Ma gin i rwbath dwi isio ddeud wrthach chi.'

Nath Pete ddim ista a bwriodd Noi rhagddi efo'i chyhoeddiad beth bynnag.

'Dwi'n disgwyl,' meddai gan sbio ar Pete. Gallwn weld yr ofn yn ei llygid. Cofiaf weld Pete yn gwyro'n araf bach wysg ei gefn at y gadair freichia ac ista ynddi heb dynnu'i lygid oddi ar Noi.

'Ers faint?' gofynnais. 'Be nei di? Ti 'di gweld doctor?'

'Wyt ti isio i fi ddeud wrth Mam a Dad?' oedd y cyfan ddudodd Pete.

'Nei di?' gofynnodd Noi. 'Mi lladdith nhw.'

'Neith,' a'i wyneb yn ddifynegiant. Wedyn, mi a'th o

i fyny grisia i'r stydi, gan ddeud bod ganddo bentwr o waith angen ei orffen, a chan 'y ngadael i'n ysgwydd i ofidiau Noi ynghylch y misoedd oedd i ddod a gweddill ei bywyd.

PETE

'Swn i wedi medru'i hitio hi. Mae 'na rwbath yn ddieflig wedi bod yn Noi erioed. Neu ers iddi hitio'i harddegau o leia, fatha gordd, achos mae gen i gof amdanon ni'n fach iawn a Noi'n chwaer hapus, heb ddim o'r malais ma sy wedi bod yn 'i byta hi wedyn. Pan gyhoeddodd hi ei bod hi'n disgwyl, er gwaetha'r ofn amlwg yn ei llygid a'i llais, fedrwn i'n fy myw â choelio nad oedd hi wedi beichiogi'n fwriadol. Roedd 'y mhen i'n deud 'mod i'n lloerig i goelio'r fath beth am fy chwaer fy hun, ond o gofio'i thymer dymhestlog a'r ffaith iddi wrthod yn seicopathig bron bob dim oedd yn bwysig i Dad a Mam a fi, roedd hi o leia'n bosib iddi fod yn anghyffredin o ddiofal.

Fuo bron yn well ganddi unwaith gael torri ei braich na dod efo ni i'r Ysgol Sul. Dad yn ei llusgo hi i'r car a hitha'n sgrechian mewn poen nes gneud iddo fo ildio yn y diwedd a'i gadael hi'n rhydd, a'i wynab o'n goch a'i anadl o'n fyr ar ôl ymdrechu mor galed i'w gosod, efo fi, yng nghefn yr Astra.

'Ffycyrs,' meddai Noi dan ei gwynt a Mam yn clywed.

'Anrhydedda dy dad a'th fam,' meddai Mam dan ei gwynt hitha a Noi'n clywad.

'*Ffycyrs!*' gwaeddodd Noi dros y lle nes deffro Llanfairfechan.

Rhwbiai ei braich, ond nath hi'm colli deigryn o'n blaena ni.

Th'wllodd hi'r un capal ers hynny tan i Siw a fi briodi.
Fy unig obaith oedd y bysa babi'n ei dofi hi.

SIW

''Swn i'n medru erthylu,' meddai Noi gan edrych ar Pete, a oedd newydd ddod i mewn yn ei ôl, gan hanner-disgwyl ei bod hi wedi mynd, ma'n rhaid, yn ôl y ffordd y disgynnodd ei ên o wrth ei gweld hi'n dal i ista yno.

'Chei di ddim!' poerodd Pete. Roedd pob cyhyr yn ei gorff o wedi cloi, a'i lygid o ar dân.

'Pwy sy'n deud?' heriodd Noi.

'Fi. Mam a Dad.' Cadwodd rhag ychwanegu at y rhestr.

'Iawn 'ta. Erthylu amdani.'

'Dyna t'isio?' gofynnais iddi.

'Pam na ddyliwn i?'

'Ella bo chdi tu hwnt i dy achub,' meddai Pete, 'ond 'sgin ti'm hawl i ladd neb. A lladd fysa fo, paid â thwyllo dy hun.'

'Yn dy olwg cul, plentynnaidd di ella.'

'Noi,' rhybuddiais. 'Anghofia bopeth arall nei di... be *ti* isio neud?'

'Dwn i'm,' atebodd Noi'n ddi-hid, a'r smotiau coch ar ei bochau wedi tyfu.

'Be am dy yrfa di?' holais.

'Paid â'i hannog hi,' meddai Pete, gan saethu edrychiad i 'nghyfeiriad.

'Ia'n de,' meddai Noi. 'Hannar diwrnod yn sbyty

fysa fo. Problem drosodd.'

'Paid ti â meiddio!' Roedd ei lygaid o'n rhew.

'To'n i'm yn siŵr be i neud cyn dod ma,' meddai Noi. 'Ond dwi'n gwbod rŵan. Fedra i'm 'i ga'l o, na fedra? Dwi'm chwartar parod. Ac ella fydd Carwyn 'im isio gwbod, ella eith o'n bananas. 'Sa'n llawar haws peidio deud dim – wrtho fo na Dad na Mam.'

Methai Pete goelio'i glustiau: 'Ti am ga'l 'i warad o? Fel'a? Fatha tasa fo rioed 'di bod?'

'*Tydi* o rioed 'di bod, naddo? Anghofia bo fi 'di sôn gair os 'di hynny'n haws i chdi. Neith be ti'm yn wbod ddim brifo na neith?'

Ac mi aeth a'n gadael.

'Ma hi am 'i ladd o,' sbiai Pete arna i'n ddiddeall.

'Yli, gad iddi ddŵad i'w phenderfyniad 'i hun. Ti'm haws â –'

'Ma bywyd yn sanctaidd,' gwaeddodd ar 'y nhraws i. 'Dan ni'n mynd i ada'l iddi lofruddio plentyn!'

'Paid â gweiddi arna i,' meddwn wrtho, a rhoddodd Pete ei ben yn ei ddwylo. Ystyriais fynd ato, rhoi 'mraich am ei ysgwydd, ond ymataliais wrth sylweddoli ei fod o'n gweddïo.

PETE

Sbeit: arf pennaf Noi'n ein herbyn ni, a'i gelyn pennaf hi'i hun.

Mi oedd 'na athro yn yr ysgol yn mwydro'i phen hi. Dwi'm yn ama na fuo fo'n mela hefo mwy na'i phen hi hefyd pan oedd Noi yn y chweched, ond ddaeth 'na'm byd i glustiau Mam a Dad, hyd y gwn i, ac mi a'th Noi i goleg heb i ddim mwy ddod o'r peth.

'Ella mai Shakespeare *oedd* y mwnci,' meddai Noi'n ddirybudd wrth fwyta'i thwrci y Dolig cyn iddi fynd i Fangor. Edrychon ni'n hurt arni. Weithia, 'swn i wedi tyngu'i bod hi'n dablo hefo cyffuria, o wrando arni'n siarad.

Ond roedd hi o ddifri isio i ni ddallt be oedd ganddi.

'Na, wir 'wan,' meddai, a Dad yn tynnu gwynt wrth waredu meddwl be fyddai trywydd ei dadl hi'r tro hwn. 'Ylwch, ddudodd rhwun rwbryd 'tasach chi'n rhoi teipiadur a thragwyddoldeb i fwnci y bysa fo yn y diwadd, rwdro rhwng rŵan a thragwyddoldeb, yn teipio holl weithia Shakespeare, ar hap, yn ddamweiniol achos bod amsar yn ddiddiwedd ac yn ôl deddfa siawns yn –'

'Tragwyddoldeb yn amsar hir, dydi,' meddai Mam gan drio dilyn be ar wyneb y ddaear roedd Noi'n geisio'i ddeud. 'Ond dwi'm yn siŵr oes 'na fwncwn yno.'

'Ia, wel...' meddai Noi. 'Be sgin i 'di hyn. Fysa hi'm yn neud mwy o synnwyr i ni gymryd mai Shakespeare *oedd* y mwnci yn y lle cynta yn hytrach na meddwl am y tebygrwydd ohono fo'n digwydd ddwywaith?'

'Byta dy ginio,' meddai Dad yn swta i geisio cau ei cheg hi.

'Mwnci oedd o beth bynnag,' meddai Noi. 'Mwnci fatha chi a fi.' Gwthiodd sbrowt i'w cheg.

Dyma ni, meddyliais. I fa'ma oedd hi isio dŵad. I be oedd angen rhagymadroddi? Pigo dadl arall, a hynny ar ddiwrnod Dolig. Lwyddodd hi ddim i gynhyrfu Dad chwaith – roedd o'n benderfynol o gadw tangnefedd yr ŵyl hyd yn oed tasa'r ymdrech yn 'i ladd o.

'Daf Bei 'di bod yn dy ben di eto,' meddwn i wrth Noi

pan aeth Mam a Dad i weld be oedd gin y frenhines i ddeud.

'*Ar* 'y mhen i, Pete,' meddai Noi heb lyfu'i gweflau a throi'r chwaraewr tapiau'n ddigon uchel i foddi llais y cwîn yn y parlwr.

P'run a oedd hi'n deud y petha ma i fynnu sylw neu i beri sioc, neu pr'un a oedd 'na wir ynddyn nhw, poenwn lai a llai. Tan iddi lanio'n fflat Siw a phoeri'r newyddion diweddara ma aton ni.

SIW

Nesh i'm deud wrth Pete 'mod i'n cymryd bora o'r gwaith i fynd efo hi i weld y doctor – y celwydd cynta os mai celwydd ydi peidio deud rhwbath sy'n mynd i frifo.

'Ti'n siŵr?' holais eto wrth i ni'n dwy gerdded at y feddygfa, a throdd ei phen ata i'n bwrpasol i mi allu'i gweld hi'n siarad.

'Bendant siŵr,' meddai'n bendant siŵr.

Nesh i'm 'i hamau hi, 'mond addunedu ynof fy hun y byswn i'n trio 'ngora i fod yn gefn iddi cyn ac wedi'r driniaeth.

'Dwi'n cymyd 'ych bod chi 'di meddwl yn ddwys dros hyn?' holodd y doctor.

'Do,' meddai Noi heb sbio arno fo.

'Rhaid i fi ofyn y cwestiyna ma i neud yn siŵr,' meddai'r doctor.

'Oes,' meddai Noi.

'Ac mi ydach chi'n berffaith siŵr na fedrwch chi weld ffordd o allu geni'r babi ma a'i fagu fo yn 'ych sefyllfa bresennol?' Roedd o wedi dechra ticio bocsys a finna'n aros am ateb Noi. Ond roedd hi wedi oedi, a rŵan roedd y doctor yn codi 'i ben, gan ddisgwyl iddi ateb. Mi ymdrechodd Noi i ffurfio gair, ond mi newidiodd ei hwyneb, mynd i'w gilydd i gyd, ac am y tro cynta (o ddau dro) yn ein cyfeillgarwch ni'n dwy, mi welais i Noi'n crio. Daeth yn amlwg i mi, fel dwrn ar dalcen, mai Pete a'i gyrrodd hi yno i ofyn am erthyliad, Pete a'i safbwyntiau eithafol yn ei gyrru hi i ddewis y safbwynt croes, a fedrwn i'm llai na'i rhegi hi yn 'y mhen am fod yn gymint o het styfnig.

'*Fi* sy'n 'i fagu fo,' meddai Noi wrtha i tu allan i'r feddygfa. 'Cheith Pete na Dad na Mam mo'u bacha yn'o fo.'

PETE

Mae Noi wastad wedi amau grym gweddi, ac eto trwy rym 'y ngweddïa i y newidiodd hi'i meddwl ynglŷn â'r erthyliad, ond dwi ddim wedi mentro deud hynny wrthi hyd yn hyn. Wnâi hi ddim ond gwadu.

'Pryd mae hi'n meddwl priodi?' oedd cwestiwn cynta Mam, druan, pan dorrais i'r newydd iddyn nhw. Codais fy ysgwyddau'n flinderus gan wbod nad oedd Noi wedi hyd yn oed meddwl am briodi.

SIW

Ma'r hen ddynas yn deffro. Mae hi'n codi'i phen a'r gwaed yn dechra rhedag eto yn 'y mraich i. Pinna bach dychrynllyd.

Dwi'n symud 'y mraich, heb ei gneud hi'n rhy amlwg

'mod i'n ei hystwytho. Ond dydi'r ddau sy'n eistedd gyferbyn ddim yn edrych arna i be bynnag. Ma'n nhw'n edrych arni hi, a rhith o siom yn mynnu dangos ar eu hwyneba bod rhaid godda'i chwmni effro eto rŵan.

'Dach chi 'di deffro, May,' medd hitha heb fedru celu'r diflastod ar ei hwyneb a phwyso ati iddi glywed.

'Waeth i chi gysgu, ddim,' ychwanega fynta, heb geisio cuddio'i anfodlonrwydd. 'Fydd hi'n sbel cyn cyrhaeddwn ni.'

May. Nid nain felly. Modryb, ella. Iddi hi, neu iddo fo? Yr un gwaed ag un ohonyn nhw, un o'r ddau sy'n bwriadu ei thrin hi fel baw, ei chloi hi yn ei stafell a lluchio'r goriad. A'r cyfan er mwyn y pres.

Ma'r hen wraig yn deud rhwbath nad ydw i'n ei weld, a fynta'n codi'i lais i ailadrodd.

'Fydd hi'n sbel eto, ewch nôl i gysgu.' Dim ymdrech o gwbwl i guddio'i ddiffyg amynedd efo hi.

Ma'r hogan yn taflu cipolwg beirniadol i'w gyfeiriad cyn pwyso 'mlaen i siarad efo'r hen wraig. 'Be ma Stiw'n feddwl ydi ella 'sa'n well i chi gysgu. 'Sa'r siwrne ddim yn teimlo mor hir i chi wedyn.'

'Be ma Stiw'n feddwl,' mwmia Stiw, heb edrych ar May, 'ydi cysgwch wir dduw yn lle bo rhaid i ni odda'ch malu cachu gwirion chi.' Rhydd Mand benelin yn ei asennau'n ysgafn ond yn geryddgar. '*Chlywith* hi ddim, na neith!'

Gwelaf yr hogan drwy gornel fy llygaid yn amneidio i 'nghyfeiriad i.

"Di hi'm yn *dallt*. Sawl gwaith ma isho deud, Mand?'

'*Body language*.' Mae Mand wir yn ofni 'mod i'n

mynd i ddallt be 'di'u gêm nhw.

'*Body language* o ddiawl! 'Tydi hi'm hyd yn oed yn sbio ar 'yn *bodies* ni.'

Cythral gwirion. 'Sa chdi ond yn gwbod cyfrinach y ffenast. A May druan, yn clywed y nesa peth i ddim. Yn meddwl bod rhain yn ei gwarchod, yn gofalu amdani. Tasa hi ond yn eu clywed nhw'n siarad amdani fel hyn, tasa hi ond yn dallt be sy'n digwydd iddi.

'Sgin inna ddim syniad pwy dwi'n drio'i dwyllo. 'Sgin i ddim syniad be 'di'u gêm nhw, os oes 'na gêm. Y siarad gynnau am bres. Be wn i? Ei chloi hi yn ei stafell? Rhaid bod esboniad. I be fysa dau ifanc fel ma'n llusgo hen wreigan ar draws Lloegr, i'w chloi hi mewn stafell?

Fedra i ddim darllen llawer ar eu cegau na'u hystumiau yn y ffenast rhagor. Rhaid llenwi'r bylchau fy hun. Plygu lawr a bustachu i dynnu nofel clawr papur o 'mag – rhyw rwtsh gwael Americanaidd. I be trafferthais i ei phacio, dwn i'm, a 'meddwl i ormod ar chwâl i ystyried ei darllen. Ond mae iddi bwrpas rŵan. Pwysaf fy mhenelin ar sil y ffenast a daliaf y llyfr o flaen 'y nhrwyn, cyn ailgychwyn darllen y stori ar wefusa Stiw a Mand.

'Be ddigwyddodd i'r neisi-neisi oedda chdi'n ddangos iddi yn Llandudno? Be tasa hi'n newid 'i meddwl? Be tasa hi'n penderfynu bo'n well gynni hi orffan 'i bywyd yn y cartra 'na wedi'r cwbwl?'

'Tasa tasa tasa. Tydi'm yn beryg o ddeud "*ffyc off*" wrthan ni a bygro i ffwr' mewn rhyw stesion, ydi hi? Ma'r ddynas yn *eighty-six*, Mand.'

'Ta-ta pres… ta-ta 'wyllys.'

''Sna'm isio gwitsiad tan daw hwnnw drwadd… ma

gynni hi ddigon o bres i gadw llond pentra o bobol a hitha'n dal yn fyw. Ni fydd yn manijo'r pres rŵan, Mand. *Chdi.*'

'Mbach mwy o fanars 'ta, neu fydd o ddim gynnon ni'n hir.'

'Ia, ia, ocê.'

Dydi o ddim isio clywed. Mae o'n gwenu'n ffals ar May, cyn troi i sbio allan drwy'r ffenast. Mae golwg edifeiriol ar wyneb Mand, difaru dechra'r sgâm ma ella. Swnio'n iawn ar bapur, yn eu cwrw, ma'n siŵr.

Go brin dyliwn i ymyrryd. Toes 'na bobol ym mhobman yn gofalu am hen berthnasa a'u rhegi nhw a'u melltithio nhw'n barhaus wrth aros yn eiddgar am ddyn hefo stethosgop i yngan y geiriau 'ma hi/fo 'di marw'?

Dwi'n teimlo braich yr hen wraig yn noeth ar 'y mraich inna, ei chnawd llipa'n gorgyffwrdd â 'nghnawd ifanc i, ac yn fficiddio eto at y ddau.

4
CREWE

MANDY

'The sow's gone through the shop,' meddai Malcolm gan drio siwgro'r bilsen, ac mi chwerthish i fatha ffŵl. Arna i ma'r bai am drio dysgu mbach o Gymraeg iddo fo, ac ynta rŵan 'mond yn cofio petha gwirion. Ond dwi'n cofio stopio chwerthin yn sydyn reit pan welish i nad o'dd 'na'm hoel gwên ar 'i wynab o.

Mi ddyliwn i fod 'di gweld pa mor ddrwg oedd petha arno fo, yn ca'l mwy a mwy o draffarth adnewyddu'i stoc, yn mynd yn biwis reit dros y bilia. Mi fysa fo'n rhegi Magi Thatcher – a honno heb fod yn agos i'w gorsadd ers bron i bymthag mlynadd. Hi oedd yr hwch a'th drwy'r siop, hwch fawr gegog blond, benderfynol o neud y cyfoethog yn fwy cyfoethog a'r tlawd yn dlotach. Bitsh. A'r ddau lynghyryn ddo'th ar 'i hôl hi fawr gwell.

'Borrow, borrow – now burrow yourself out of that mess!' fysa Malcolm yn ddeud. 'It's the bloody supermarkets, like mushrooms everywhere!'

Crafu byw a siom am fisoedd, ddim fatha Malcolm pan br'odish i fo. Dŵad adra i'r tŷ yn ysgwyd 'i ben ar ôl intyrfiws am swyddi cachu. A'i wynab o wedyn, pan fynnish i ddechra'r jobsys bach llnau... oedd isio rhyw fath

*o grystyn, to'dd, cythral balch ag o. A 'mond hyn a hyn
o dolc yn y benthyg a'r bilia bwyd a'r rhent ma' hynny'n
neud.*

Stiw oedd yr unig fflipin ddafn o ola yn y cwbwl lot
– mynnu 'mod i'n mynd efo fo i Landudno. Trefnu'r cwbwl
'i hun. Helpu'i chwaer bach fel arfar 'mbwys be 'di'r gost
iddo fo'i hun. 'Run fath ag erioed. Mi welodd 'i gyfla
munud cl'wodd o gin May...

Dwi'n cofio fo'n dyrnu Billy Higgins yn y cartra plant
am 'y ngalw i'n wimp, ac yn derbyn 'i gosb heb wingo.
Hen gythral oedd Billy Higgins, horwth o ddyn ddwywaith
maint Stiw, oedd bob amser yn medru troi'r warden a'r
'carers' erill rownd 'i fys bach. Dwi'n cofio Stiw'n bygwth
lladd Kathy Stevens am dynnu 'ngwallt i 'fyd. Bechod! Mi
'sa'i lladd hi 'di neud bywyda lot o blant erill yn haws.
Siŵr bod hi'n warden rhwla erbyn rŵan.

Ar y dechra ro' gen i hannar ofn 'sa Stiw'n leinio
Malcolm am lwyddo i golli'i waith a'i gneud hi mor galad
arnon ni, ond mae o a Malcolm yn llawia rhy dda i hynny
a Stiw'n gwbod bod Malcolm a fi'n ocê ar y cyfan. Do'dd
neb hapusach na Stiw pan ddeallodd o gynta 'mod i'n
mynd i neud o'n yncl a Malcolm isio 'mhriodi i. Cacan
hufan a jam, medda fo'n browd o'i chwaer bach.

I Stiw, y twins oedd yn 'y nhynnu i allan o gysgod y
cartra, nhw oedd yn dangos 'mod i'n berson go iawn, a
ddim yn rhwbath 'di'i chreu gin y sefydliad i'w lluchio ar
domen y bobol-sy'm-yn-bod. Ella'i fod o'n gweld 'i ryddid
'i hun yn hynny hefyd, rhyw ddechra newydd i ni gael
siot well ar betha. Ac mi oedd o'n teimlo rhyw euogrwydd
gwirion 'y mod i 'di'i ddilyn o i Lundain i wynebu bywyd ar
y nesa peth i ddim, crafu byw a phrin do uwch ein penna
– yn dawel bach, mi oedd o'n ddiolchgar i Malcolm am 'y

nhynnu i o fyd y bedsit a'r ciw dôl.

'Swn i'n licio tasa marc y cartra ddim yn dal mor ddwfn ar galon Stiw. Ella 'mod i, drwy Malcolm, wedi diosg llawer o'r ôl, ond ma Stiw'n dal i gofio'r ffordd ga'th o 'i drin gynnyn nhw. Dwi ddim yn gwbod y cwbwl, ond dwi'n gwbod iddo fo'i cha'l hi'n go hegar gin ambell un yno a gin y teuluoedd gymodd o. Fysa'r olion ddim yn dangos ar 'i wynab o.

Llynadd, pan ddoth o hefo Malcolm a fi ac Elen a Megan i Southend a hitha'n ddiwrnod berwedig o boeth, thynnodd o 'mo'i grys. Sylwish i, os na sylwodd y lleill. Fedrith o ddim. Ma 'na gleisia dyfnach na chlais ar groen, a feiddia fo mo'u dangos nhw ar boen 'i fywyd.

'Swn i byth 'di medru mynd nôl i ogledd Cymru bedwar diwrnod yn ôl heb i Stiw fod hefo fi. Mi oedd hi'n ddigon anodd â fo yno. Y munud y gadawodd y trên Gaer am y gorllewin, ro'n i'n medru teimlo'r chwys ar 'y ngwar wrth i'r atgofion neidio nôl i 'nghof i fatha cyllyll.

'Cofia mai ti sy bia'r twins tasa rhwbath yn digwydd i Malcolm a fi,' meddwn i wrtho fo wrth basio Rhyl. Ddudodd o'm byd, 'mond gwasgu'n llaw i'n dynnach.

Ddudodd o 'run gair nes cyrraedd Llandudno. O'n i'n gwbod erbyn hynny bod y daith yn fwy o dreth arno fo nag arna i hyd yn oed.

Ma'r daith yn ôl gymint haws, 'mbwys pa mor anodd fydd hi arna i efo May.

SIW

'Lwcus w't ti,' arwyddodd Noi arna i o'i gwely. 'Methu cl'wad 'i sgrechian o.'

Gafaelais yn dynnach yn y sypyn bach diwrnod oed yn 'y mreichia heb ei hateb.

Chymerodd Pete, a oedd yn ista yn y gadair yn ymyl y gwely, fawr o sylw ohonon ni. Medrwn weld ei fod o'n poeni: roedd o wedi disgwyl i'w rieni fod wedi cyraedd bellach. Bu'n ymbil arnyn nhw i ddod i weld eu hŵyr bach newydd – a'u merch oedd bellach yn fam – ond doedd 'na'm golwg ohonyn nhw a ninna yno ers awr dda.

'Lle ma' Carwyn?' holais.

'Fydd o'n 'i ôl heno rwbryd,' meddai Noi. 'Fuo fo yma drw nos, siŵr bod o 'di blino,' ychwanegodd yn yr un gwynt. Carwyn druan!

'Bach 'di o 'te?' meddwn i wrth Pete i drio'i gynnwys yn ein sgwrs.

'Del 'di o,' medda fo wrth Noi, 'deliach na'i fam.'

Gwenodd Noi wên fach straenllyd arno.

'A'i ewyrth,' meddwn inna.

Dyna pryd y glaniodd rhieni Noi a Pete – Roger a Miriam. Safai'r ddau'n betrus wrth ddrws y ward fel tasan nhw'n disgwyl cael eu gwahodd i mewn. Cododd Pete fel bollt: doedd ci sgiliau fo fel diplomydd ddim yn gwbl ddiwerth wedi'r cyfan. Mi nath le i'w fam eistedd ac estynnodd gadair o ben arall y ward i'w dad. Gwyrodd Miriam dros y bwndel yn 'y mreichia i a dechra siarad â'r bychan. To'n i'm yn siŵr ai ei gynnig o iddi ai peidio, tan i Pete roi nòd bach, ystum llygid yn fwy nag ystum pen, ar i mi neud. Edrychodd Miriam arna i'n nerfus ac ysgwyd ei phen i wrthod. Doedd hi ddim eto'n barod i'w dderbyn yn ei breichiau.

'Llion,' meddai Noi a rhyw olwg be-s'isio-rhein-ma ar 'i hwyneb.

'Llion,' gwenodd Miriam am y tro cynta gan sbio ar Roger fel tasa hi'n gofyn am ei ganiatâd o i wenu, a phastiodd Roger yntau wên ar ei wefusa – gwenau'n gwingo. Ond roedd gan Roger betha pwysicach nag enw ei ŵyr ar ei feddwl.

'Ma gynnon ni un peth i'w ofyn i ti,' meddai, heb adael i'w lygid gyfarfod â rhai Noi. 'Fysat ti, er 'yn mwyn ni, yn 'styriad 'i fedyddio fo?'

O'r badell ffrio i'r tân cyn i'r saim ddechra cynhesu, meddyliais.

'Na fyswn,' meddai Noi heb oedi. Cyfarfu llygid Roger a Miriam a gwelwn fod Pete wedi dal y môr o siom oedd yn llenwi'r ddau bâr.

'Yli Naomi,' meddai Pete gan geisio bod mor gymodlon ag y gallai, yn ôl y ffordd roedd o'n pwyso dros y gwely i siarad efo hi ('ta bygythiad oedd ei glosio fo ati?). 'Os mai 'mond mymryn o ddŵr ar dalcen ydi o i chdi, pam ddim 'i neud o? Fyddi di na fo ddim *gwaeth*.'

Fedrwn i'm llai na chytuno efo fo. Be ar wyneb daear allai fod o'i le ar hynna?

''Y mab *i* ydi o. Ga i neud fel dwi isho efo fo, a dwi'n deud fod o ddim i ga'l 'i fedyddio, iawn?'

'Styfnig.' Methai Pete â chuddio'i rwystredigaeth.

'Ella, pan fydd o dros 'i ddeunaw, bydd o *isio* ca'l 'i fedyddio. Geith neud radag honno,' meddai Noi. 'Ond 'swn i'm yn dal 'y ngwynt,' ychwanegodd. 'Sgin i'm unrhyw fwriad 'i fagu o'n Gristion.'

'Mi weddïan ni drosto fo 'lly,' meddai Roger yn ddigon addfwyn, yn benderfynol o beidio â llusgo'i hun na'i wraig na'i fab i ffrae a Llion bach ond deunaw awr oed.

Trodd Pete ei ben ata i'n sydyn, ac amneidio arna i – be? Roedd o'n nodio a gwelais mai isio i fi edrych i lawr ar Llion yn 'y mreichiau oedd o. Roedd Llion yn sgrechian nerth ei holl esgyrn mân. Ro'n i wedi'i deimlo fo'n tynhau yn 'y mreichiau eiliadau ynghynt ond roedd fy sylw wedi'i hoelio ar styfnigrwydd Noi. Estynnais Llion nôl i'w fam.

'Ti'n lwcus, ti'n gweld,' gwenodd Noi wrth ei dderbyn o.

'Ddim yn cl'wad babi'n sgrechian,' meddai Pete. Roedd olwynion ei feddwl o eisoes wedi dechra troi wrth iddo fo rag-weld y fi anghyflawn fysa'n fam i'w blant o.

O fewn chwarter awr, ymddangosodd Carwyn a'i rieni'n wenog, flodeuog, falwniog yn nrws y ward a symudais i neud lle iddyn nhw. Ar yr un pryd roedd 'na nyrs yn deud rwbath am '...ddim ond dau i bob gwely...' a chododd Pete ar unwaith. Plygais i roi cusan i Noi. Ond roedd Roger a Miriam wedi codi i fynd hefyd wrth i Roger amneidio'i ben i gyfarch tad Carwyn heb unrhyw fwriad o siarad efo fo. Dau bâr o rieni'n lluniau negatif o'i gilydd.

'...to'n ni'm yn bwriadu aros yn hir...' medda Miriam.

'Ddowch chi eto, dowch?' gan Pete, nid Noi, a rhieni Carwyn eisoes bron yn dawnsio mewn gorfoledd dros Llion bach ym mreichia'i fam, a Noi'n gwenu fel giât.

'Ma'n siŵr,' meddai Miriam, a gadawodd y ddau. Bradychai wyneb Pete ei siom. Plygodd Carwyn i roi cusan ar dalcen Noi, ac awgrymodd Pete ei bod hi'n amser i ninna ei throi hi hefyd.

'Be tasa'r un peth 'di digwydd i ni?' gofynnais i Pete y diwrnod hwnnw y torrodd Noi'r garw.

'Hefo'n gilydd 'dan ni'n dau i *fod*,' meddai Pete.

Trois oddi wrtho'n flin efo fo, gan gofio wrth neud bod Noi 'i hun, reit ar ddechra'r garwriaeth, wedi deud mai 'ffling bach' oedd Carwyn. Deud wrtha i: fysa hi byth wedi cyffesu wrth Pete.

Ond wedi geni Llion, roedd Noi i'w gweld wrth ei bodd yn chwarae *Happy Families*. Aeth â Llion adra o'r sbyty'n llawn optimistiaeth at y dyfodol, yn berffaith barod i chwarae ei rôl fel mam a gwraig, a gadael unrhyw obeithion am yrfa a fu ganddi, rai misoedd ynghynt, tu cefn iddi yn y coleg. Pan ddarganfu ei bod yn disgwyl Llion, doedd Carwyn ddim hyd yn oed wedi ystyried y posibilrwydd y gallai *yntau* ysgwyddo peth o'r baich o fod yn rhiant a gadael i Noi chwilio am swydd fel athrawes, gan iddi neud yn well na fo ar y cwrs ymarfer dysgu, a chael ambell swydd lanw gwell na'i swydd o. Llithrodd Noi i mewn i rythm Carwyn o fyw, clodd y drws ar ei gobeithion o yrfa, a gwisgodd wên ar ei gwefusau oedd yn edrych i mi, er gwaetha pob ymdrech i guddio hynny, fel gwên blastig.

''Sgin i'm tamaid o awydd mynd yn athrawes be bynnag,' meddai wrtha i. 'Mi fydd un yn fwy na digon i edrych ar 'i ôl, dwi'm isio llond dosbarth!'

Rhaid mai cyrraedd nath Llion er mwyn cymryd lle 'i daid. Bu farw tad Carwyn, gan adael fferm yn Sir Fôn heb ffermwr i'w ffermio, a mab heb dad ym Mangor.

'Dach chi isio coffi, May?'

Mae hi'n pwyso dros y bwrdd i ennyn sylw'r hen wraig.

'Coffi! Coffi...?' medd Mand yn uwch, ac ystumio yfed panad.

'Dyro un o'r pils 'na sy gynni yn'o fo er mwyn iddi gysgu,' ydi awgrym Stiw i Mand gan wenu am y tro cynta, a Mand yn ebychu.

Mae Mand yn codi a sbio o'i chwmpas i edrych ym mha gyfeiriad mae'r cerbyd bwyd. Mae hi'n gafael yng nghefn ei sedd i atal ei hun rhag disgyn wrth i'r trên lamu dros y rêls.

'... panad i finna 'fyd 'ta ...' mae Stiw'n gorchymyn, gan wthio'i dafod allan i ddarlunio'i syched.

Dwi'n cael digon ar droi tudalennau fy llyfr wrth gogio darllen, ac yn ei daro ar 'y nglin am fymryn o seibiant. Try Stiw at y ffenast i osgoi fy edrychiad. Mae Mand yn mynd i lawr y llwybr canol gan ddiflannu o'm golwg.

Dwi'n cofio Noi'n deud unwaith pan oedd Llion yn fabi bach ac yn effro'r rhan fwya o'r nos y gallai hi neud efo stoc o bils cysgu, neu dawelyddion, neu faliym. Doedd gen i'm syniad pam: oni fysa hi'n cysgu ar lein ddillad os oedd hi wedi bod yn effro drwy'r nos?

"Sa hi'n braf tasa hi'n gweithio fel 'ny,' meddai Noi â'i llygid yn rhowlio yn ei phen. 'Ond unwaith ti'n deffro yn y nos, 'im bwys pa mor flinedig w't ti, ma'n gythgam o anodd mynd yn ôl i gysgu wedyn. Torri ar y patrwm, ti'n gweld.'

Ac *roedd* Llion yn fabi anodd. Ma'n nhw'n deud, tydan, bod babis yn teimlo anfodlonrwydd y fam. Ai teimlo rhyw ysfa, rhyw anniddigrwydd yn Noi oedd o?

Roedd hi yn ei chanol hi'n ceisio pacio'i holl eiddo i

grêts er mwyn symud i'r fferm ger Brynsiencyn, ac yn gwenu drwy'r amser drwy'i blinder fel tasa hi'n ceisio twyllo'i hun a finna ei bod hi wrth ei bodd.

'Tŷ fferm! Meddylia! Dim pawb sy mor lwcus â fi. Mi fydd Llion yn ca'l 'i fagu ar fferm.' Drosodd a throsodd fel mantra mewn ymdrech lafurus i argyhoeddi'i hun.

Y peth dwytha oedd Noi'i isio pan ddechreuodd hi fynd allan efo' Carwyn oedd bod yn wraig fferm. Mi ddudodd hi hynny ryw noson dros beint a bu Dan yn tynnu'i choes droeon wedyn, heb i'r un ohonon ni weld y peryg. Athro oedd Carwyn yn mynd i fod, dim ffermwr. Roedd hi'n cofio deud hynny, a finna'n ei chofio hi'n deud, a hitha'n gwbod 'mod i'n cofio.

A dyna lle roedd hi'n pacio bocsys i fynd i fyw ar fferm yng nghanol nunlla, yn llawn gorfoledd. Bron na ddisgwyliwn iddi weiddi mewn llawenydd fel rhyw fath o atodiad bach, 'A mam-yng-nghyfraith yn y fargen!'

PETE

Medrwn fyw hefo'r mymryn o genfigen ro'n i'n 'i deimlo weithia nad fi a Siw oedd wedi rhoi ŵyr cynta i 'Nhad a Mam, ac roedd Noi i'w gweld yn derbyn ei choflaid yn well na 'swn i wedi meiddio'i obeithio.

Roedd ei gweld hi mor annwyl ofalus efo Llion yn dod â'r Noi ifanc yn ôl i fy meddwl. Noi famol yn fy nghynnwys i'n ei chwarae weithia, yn annwyl ata i, fatha tasa hi flynyddoedd yn hŷn na fi yn hytrach na deunaw mis yn iau, yn fy mwydo i a'i doliau â banana 'di stwnsio mewn Bovril a briwsion bisgedi Garibaldi.

'Agor!' 'sa hi'n gorchymyn, ac mi 'swn i'n agor 'y ngheg

yn ufudd ac yn bwyta'r cwbwl er mor hyll y blas. 'Hogyn da.'

Pan dyfodd hi'n hŷn, mi drodd y sylw'n eiriau o wawd. Roedd dŵad â ffrindiau adra'n fenter ddewr os oedd hi o gwmpas, gan nad oedd Noi'n poeni dim am sarhau fy ffrindiau 'run fath ag y gwnâi i mi, a Dan oedd yr unig un ohonyn nhw chwerthodd pan ddudodd Noi 'ffyc-off' wrtho fo y munud y cyfarfu'r ddau gynta.

'Noi, ti'n nabod –?'

'Ffyc-off,' a slam i ddrws ei llofft.

Ro'n i'n marw o embaras ond mi chwerthodd Dan dros y lle. Mi ddyliwn fod wedi rhedeg ar ei hôl hi a thynnu ei gwallt hi neu rwbath, ond roedd awydd byw mymryn hirach na thair blynedd ar ddeg arna i hefyd.

Feddylish i rioed 'sa'r ddau'n tyfu'n gymint o ffrindiau. Am sbel ro'n i dan yr argraff mai giglo o nerfusrwydd wnâi Dan yn ei chwmni hi gan ei fod o'n tueddu i chwerthin am ben bob dim ddôi allan o'i cheg.

'Paid â'i hannog hi,' o'n i'n ddeud wrtho fo.

'Ma hi'n ddoniol,' fysa Dan yn ateb, ac yn raddol welish i ei fod o wrth 'i fodd go iawn efo hi, 'mbwys faint o dynnu arno fo – a fi – wnâi Noi.

Pan ddechreuodd o ddŵad efo fi i'r Clwb Cristnogol amser cinio yn 'rysgol fawr a newid i'n Ysgol Sul a'n Clwb Capal ni, gredish i 'sa fo'n dechra 'laru ar Noi'n rhegi fatha jipsan ac yn tynnu arnon ni'n dau am fod yn 'Griw Duws', ond mwya 'sa hi'n mynd drwy'i phetha, mwya 'sa Dan yn chwerthin.

'Lle ma Gras a Phader?' holodd Noi wrth ddod drwy'r giât ryw ddiwrnod, a Dan a fi ar ganol gneud ramp i'n beiciau efo dau hen ddrws. Sbiodd Dan arna i am esboniad. Ebychais yn flin: roedd yn gas gen i glywed Noi'n eu galw nhw'n hynna (a fysa hi byth wedi meiddio gneud yn eu hwyneba nhw).

'Mam a Dad ma hi'n feddwl,' tytiais yn hyfflyd ddiamynedd. Ac mi chwarddodd Dan gymaint nes iddo fo ddechrau piso yn 'i drowsus.

Fuish i'n meddwl wedyn mai arf oedd ei chwerthin o – troi'r foch arall – ac i radda roedd o'n gweithio: mwya 'sa Dan yn chwerthin, mwya 'sa Noi'n gweld methiant ei hymdrechion i dynnu arnon ni.

Ond erbyn rŵan dwi'n gweld pam roedd Dan yn chwerthin. Chafodd o rioed ffrind gystal â Noi, neb mor siarp â hi, neb mor ffraeth. Pwy fysa'n meddwl 'sa dau mor wahanol mewn rhai agweddau'n tyfu mor glòs?

Weithia, er nad oedd 'na ddim o gwbwl yn gas yn ei fwriad o, 'sa'n well gen i tasa fo heb fod cweit mor barod i chwerthin am ben rhai petha.

SIW

'Y nhynnu fi i'r capal nath o'r tro cynta. Tynnu'n llawes i, 'y mraich i, i mewn efo fo drwy'r drws a finna ddim rhithyn o isio mynd

'Ty'd Siw fach! 'Sna'm byd i fod ofn.'

a gwyneba'n troi i sbio arnan ni'n cerdded i mewn fel dau'n priodi a gwenu'n llydan llydan 'u croeso, ac mi 'gorodd Julie, nad o'n i'n gwbod pwy oedd hi ar y pryd, ei breichiau i mi fatha tasa hi isio caru mawr a finna'n trio cuddio tu ôl i Pete oedd yn gafael fel feis yn 'yn llaw i, i fy arwain at y bywyd tragwyddol efo Julie a Rob, ac wedyn ista, a gweld bod Dan yno'n barod yn gwenu'n normal arna i, yr unig wên o groeso go iawn achos honno oedd o'n 'i rhoi i mi bob tro, a Pete yn dal i wasgu'n llaw i a finna'n ista fel pren

a phanad wedyn, y gwenu eto a'r bywyd tragwyddol eisoes yn goleuo'u llygid, a finna'n synnu mor ifanc oedd pawb o'u cymharu â'r penna gwynion yng nghapal Mam adra, a'r geiria o groeso wedyn, pob un yn dŵad efo dwylo'n bachu 'mraich i, yn crafangu amdana i, fatha tasa modd iddyn nhw dynnu'n enaid i allan drwy 'mhenelin i.

Ofynnish i iddo fo fysa ots gynno fo taswn i'n ista yn y cefn ar ôl y tro cynta hwnnw ac mi ddudodd o 'sa'n well gynno fo taswn i'n ista efo fo yn y tu blaen ond os nad o'n i'n teimlo'n barod, na fysa gynno fo ddim gwrthwynebiad, ac i mi ddŵad i lawr ato fo pan fyddwn i'n teimlo'n barod i neud hynny. Dwi'n dal i ista yn y cefn.

MANDY

'Two coffees, one tea.'

Cwpana plastig efo caeada: 'mond y gora i Stiw a May a fi.

Cofio'r teulu 'na yn ymyl Rhyl, y Robsons, lle glanion ni gynta. Hefo'n gilydd. Yn gwrthod gadal i Stiw iwsio llestri fatha gweddill y teulu. Mi oedd Stiw 'di torri dau blât mewn ffit o dymer yn dilyn pryd o dafod gin Mr Robson. Allan o gwpana plastig yn unig gâi Stiw yfed wedyn tra buon ni yno, ac oddi ar blatia plastig fysa fo'n byta. I hogyn un ar ddeg oed, mi oedd hi'n wers galad. Ond fuon ni ddim yno'n hir. Gath y Robsons lond bol.

Fatha sawl teulu arall wedyn. Ddim bai Stiw oedd

o. Ddim llawar. Driodd neb ddod i nabod o'n iawn, a'r system radag honno'n derbyn gair y teulu bob gafal. Mi waethygodd Stiw dros amsar a buan iawn y peidiodd y cartra â'i ffermio fo allan ar faeth: doedd neb i'w weld isio fo. Nesh inna benderfynu gneud bywyda fy ngofalwyr maeth mor anodd â phosib er mwyn cael aros efo Stiw yn y cartra. Pa mor anioddefol bynnag oedd bywyd yn fanno dan law gweithwyr fatha Kathy Stevens a Billy Higgins, o leia roeddan ni'n dau efo'n gilydd o ryw fath, yn lle goro byw ryw semblans o fywyd neisi-neisi dan do teulu fysa'n cymryd yn 'yn herbyn ni bron yn syth.

'Too institutionalized,' oedd y farn amdanon ni'n dau. Tw blydi reit.

Roedd 'na drefn i fywyd y cartra: ac er gwaetha'r rheola dwl a diffyg diddordeb y rhan fwya o weithwyr y lle, roedd y drefn honno'n well na goro dysgu o'r newydd bob tro be oedd yn neud i'r teulu a'r teulu dician.

Dwi'n siŵr bod Stiw 'di dechra ysu am weld diwrnod 'i ben-blwydd yn un ar bymthag ers pan oedd o tua deuddag. Un ar bymthag oedd rhyddid iddo fo, a finna'n casáu meddwl am fyw yn y lle hebddo fo. Pan godish i law arno fo'n mynd i mewn i'r bys am Lundain a gadal y cartra, dwi'n cofio meddwl mai hwnnw oedd diwrnod gwaetha 'mywyd i.

Talu am y paneidia, ac anelu'n ôl at fy sedd, efo'r coffi eirias yn diferu dros 'y mysadd. Dwi prin yn 'i deimlo. Ceith losgi 'nghroen i'n gig, cyhyd â bod y meddylia ma'n llosgi'n ddim hefyd.

SIW

Gwylio *Newsnight* o'n i, a'r llunia o glwyfa pobol yn Irac wedi gneud i mi sychu'n llygid yn fy llawes, pan ddoth Pete i mewn a'i ben mewn llyfr. Rai eiliadau wedyn, cododd ei ben a sylwi ar y dagrau. Camodd at y teledu a'i ddiffodd.

'Hei!' protestiais.

'Ti'n creu gofid diangen i chdi dy hun,' meddai.

'Gofid diangen? Ma'n *digwydd*!'

'Ella bod *rhaid* iddo fo ddigwydd,' meddai Pete a rhoi'i fraich amdana i. Gwthiais hi i ffwrdd: gwyddwn nad oedd ganddo ddim i'w ddeud wrth safiad gwrthryfel Noi, ond to'n i rioed wedi dychmygu y gallai o fod mor galon-galed â hyn. 'Ddim ond y Fo sy â'r gallu i newid unrhyw beth neu unrhyw un.'

'Trio deud bod o'n Rhyfel Cyfiawn w't ti?' gofynnais. 'Dim jest rhyfel ma modd 'i gyfiawnhau, ond Rhyfel *Cyfiawn*?'

'Ddim ni sy i ddeud,' meddai Pete.

'Na George Bush chwaith,' prepiais â 'nhymer yn berwi. 'Tydi o'm hyd yn oed yn llygad am lygad achos ddim *rheina*, pobol Irac, yrrodd yr awyrenna i'r tyrra.'

'Ty'd 'wan, Siw,' ceisiodd resymu, 'ti'n gwbod lle dwi'n sefyll ar y petha ma.'

'*Ydw* i?' Ro'n i wedi gweld Rob yn gweddïo yn capal flwyddyn union wedi i'r tyrra ddisgyn yn diolch i Dduw am agor 'yn llygid ni i'r frwydr fawr drwy ddymchwel y tyrra a dwyn y tyrfaoedd yn ôl at Dduw yn tyngu gwrogaeth i luoedd y cyfiawn (Bush) yn erbyn pwerau'r fall ('*teh-rism*') neu ryw falu cachu tebyg, a toedd Pete heb ddeud dim byd pan wfftiais y nonsens ar ein ffordd adra, ond rŵan

'Ma 'na dda ac ma 'na ddrwg,' roedd o'n egluro'n nawddoglyd yn 'y ngwynab i fatha taswn i'n blentyn twp, 'a fedar neb fod yn amwys ynglŷn â lle mae o'n sefyll. Does 'na'm tir canol,' medda fo, a finna'n suddo tu mewn, 'achos dyna be sy wedi'i sgwennu yn y Beibil,' medda fo. 'Dos yn ôl at y Datguddiad, darllan o, ddarllenwn ni o rŵan hefo'n gilydd.'

'Dim diolch,' meddwn i'n swta. 'Rwbryd eto,' gan geisio troi'n ôl i'r normal a chau allan yr hyn na 'to'n i'm am wbod amdano fo. Byw'n llonydd lwyd, ddiogel. A dyma fi'n symud o'i ffordd o, i beidio goro sbio ar 'i eiria fo, ac es i'r gegin i boeni be i neud i ginio fory pan fysa fo allan yn canu *Jesus Saves* efo'r Saeson o flaen Woolworths Bangor.

Flwyddyn cyn i ni briodi, cau allan y geiria ro'n i'n 'u darllan ar 'i wefusa fo fyswn i, a fynta 'run mor fyddar i 'ngeiria i, fatha tasan nhw rioed 'di ca'l 'u deud.

5
STAFFORD

SIW

Mae Mand yn 'i hôl a diferion coffi dros y bwrdd. Gwthia gwpan at yr hen wraig.

'Dowch May, yfwch o.'

Mae May'n ufuddhau, gan golli diferion dros ei ffrog mewn ymdrech grynedig i gyrraedd ei gwefusau crebachlyd. Mae Stiw'n troi'i ben eto, gan ffieiddio.

Mam, ymhen deugain mlynedd. Yn fwy byddar, ella, ond yn fwy cyfarwydd â'i byddardod na hon. Ddim fi. Mi fydda i wedi hen golli unrhyw gof o orfod dygymod heb 'y nghlyw erbyn daw byddardod henaint. Ma'r hen ofn yma'n bwyta 'nhu mewn i eto. Ofn yr anghyfarwydd, ofn y driniaeth, ofn byd o synau nad oes gen i ddirnadaeth ohono. Byd cwbl wahanol. Dyna ma'n nhw'n 'i addo, a dyna dwi'n arswydo rhagddo. Ar amrantiad bron, mi fydd 'y mhen i'n canu gan sŵn. Neu dyna 'di gobaith y doctor fydd yn 'y nhrin i. Mae rhai'n methu, fel mae Mam mor barod i'n hatgoffa i.

'Sut w't ti'n mynd i deimlo os *na* weithith o? W't ti 'di meddwl am hynny?' mewn llythyr a gyrhaeddodd wsnos dwytha, cyn iddi lyncu'i balchder a phenderfynu gneud y daith ddiddiwedd ac arteithiol o Gaerdydd i Fangor ar fws ddydd Gwener, er mwyn mynd ar ei glinia ac erfyn arna i i beidio â chael y driniaeth.

Mae ganddi hi bwynt. Ar ôl yr ymweliadau â'r meddyg yn Llundain dros y tri mis dwytha, a chodi gobeithion Pete, bysa methiant yn drybeilig o anodd i'w wynebu. Anodd i rieni Pete hefyd, gan mai nhw sy'n talu am y driniaeth (dim byd ond y gora i Pete).

Gweithio ar fatri fydd 'y nghlyw i ma'n debyg. Mi fyddan nhw'n plannu rhyw declyn meicrosgopig yn ddwfn yn 'y nghlust i i'w ysgogi gan fatri tu allan i daro'r drwm. Swnio mor syml, mor ddychrynllyd, chwerthinllyd, o syml. Teirawr o boetsian hefo 'mhen i, ac mi glywa i Beethoven, Mozart, Bach a Rachmaninov yn siarad hefo fi, heb i Pete orfod egluro. Siarad hefo *fi*! Teirawr, a bydd y byd yn canu.

Fedra i ddallt canu. Dwi'n clywed cryndod sŵn, yn dirnad rhythm, a gair ar rythm, a'r syniad o nodau, y llithro i fyny ac i lawr yr erwydd mae Pete yn ei ddisgrifio, y gorfoledd o glywed cordiau'n asio, a synau natur. Fel lliw yn dy glustiau di, medd Pete. Pam felly mae cymint o bobol erill wedi deud wrtha i dros y blynyddoedd 'mod i'n lwcus? 'Mod i'n medru mynd drwy'r byd ma heb y sgrech yn 'y mhen i? Dydi lliw ddim yn gneud i mi sgrechian.

Mae Noi'n un. Mae bod yn fam, medda hi, yn unrhyw beth rhwng ecstasi llwyr a gwich erchyll yn y pen, 'fel tasa rhywun yn rhedag barbyn weiar drwy dy frêns di'. A dyma fi, ar 'yn ffordd i Lundain er mwyn i ryw feddyg bach llawn ewyllys da gael rhoi barbyn weiar yn 'y mhen i.

Dwi'n swnio fatha Mam. Yn llawn amheuon, a finna ar fy ffordd. Gwell meddwl am be ddudodd Pete, am adar a gwynt, a môr a brwyn, a chôr a chytgord. Neud fy hun yn gyflawn, am fod y gallu yna i fy ngneud i'n gyflawn. 'Gneud yn ôl 'i ddymuniad O,' a dymuniad Pete.

Dim ond y gora i *mi* ydi dymuniad Pete, fedra i'm ar boen marwolaeth â gwadu hynny. Pete, y canol llonydd, disyfl fel y graig. Pete yn Euston, â'i freichiau'n agored, fel ma'n nhw wedi bod i mi ers y cychwyn. Pan gyrhaeddodd Mam nos Wener, mi wrandawodd arni eto'n codi'r hen amheuon, yn pigo ar yr hen grachen, gwrando a gwrando, a mynnu 'i fod o'n dallt ac yn cydymdeimlo â'i safbwynt hi.

'Poetsian!' poerodd Mam. 'Poetsian hefo be sy ddim i fod.'

'Ond Nesta – '

'Ti'n meddwl 'mod i heb 'styriad? Ma 'na flynyddoedd ers iddyn nhw ddechra rhoi'r driniaeth 'na. Ti'n meddwl mai rŵan dwi'n clywad amdani?' Siarad efo Pete nid efo fi.

Yn rhy hwyr, daeth ryw gof yn ôl i mi amdana i'n darllen erthygl bapur newydd wrth y bwrdd, rywbryd tua chanol y nawdegau – ro'n i'n dal yn yr ysgol, dwi'n cofio hynny – a Mam yn sbio dros fy ysgwydd i weld be oedd yn dwyn fy sylw. Fu dim angen iddi hyd yn oed godi ei llaw i ddangos ei gwrthwynebiad: roedd pletiad ei gwefusau'n ddigon – 'anghofia fo'.

A'i anghofio fo nesh i, tan i Pete weld Llion yn sgrechian yn 'y mreichiau i yn Ysbyty Gwynedd a finna ddim yn 'i glywed o.

Mae arni arswyd y bydd hi'n 'y ngholli i, nid trwy ddamwain feddygol, petha'n cymryd y llwybr anghywir, rwbath yn mynd o chwith, ond ofn y bysa i mi fedru clywed am y tro cynta yn 'y mywyd yn fy ngneud i'n rhywun arall –

PETE

'Swn i'n medru awgrymu i Siw bod Nesta'n dod acw i aros am wyliau go iawn, pythefnos, neu'n hwy hyd yn oed, cyfle i'r ddwy ymgynefino â'r newid yn 'u bywyda, cyfle i'r ddwy gymodi, trwsio pontydd. Medrai ddod acw hefyd pan ddaw plant, pâr arall o ddwylo. Gallen neilltuo'r stafell sbâr iddi – clirio'r llyfrau a dod o hyd i le i osod gwely gwell na'r hen soffa sy 'na. Fedra i ddim aros nes cael deud hynny wrth Siw, ei châr oll dan yr unto â hi, yn lle bod pellter gwlad rhyngddi a'r hyna ohonyn nhw.

Deng munud, ac mi fydda i'n pasio'r troad i Gaerdydd. Ma gin i amser i alw. Mi wna i amser i alw, ac ymdrechu go iawn i beidio lleisio'r dadleuon 'mond gofyn iddi *un tro ola* i gefnogi'r driniaeth, cynnig cyfle iddi dderbyn y Siw newydd ohoni'i hun. 'Sa'n wych medru deud wrth Siw 'i bod hi'n meddwl amdani o leia, er bod Siw'n gwbod yn iawn, go iawn 'i bod hi'n meddwl amdani, ond mi fysa i Nesta *ddeud* y geiria...

Paid â gwrthod, Nesta.

SIW

– ond ro'n i wedi synhwyro'i fod o'n colli amynedd erbyn i Mam, yn 'i thymer, ddechrau mynd yn fwy personol.

'Isio'i throi hi w't ti, cyfaddefa!' Safai o'i flaen, rhyngtho fo a'r grisiau a'r unig ddihangfa posib iddo heblaw'r drws allan.

"I throi hi'n be? Yn fwnci?' chwerthodd Pete i geisio'i thynnu hi oddi ar y trywydd.

'Ti'n gwbod yn iawn be dwi'n feddwl.'

'Mam,' ceisiais ymyrryd. 'Meddwl am y plant ydan ni, os daw 'na rei. Meddwl sut fyswn i'n dod i ben a finna methu'u clywad nhw'n crio'r nos, a'u clywad nhw'n chwerthin.'

'Nesh i'n iawn efo ti,' prepiodd Mam yn ôl.

'Do. Ond tasa, *tasa* 'na un ohonyn nhw'n ca'l 'i eni 'run fath –'

'Yn fyddar ti'n feddwl,' saethodd Mam, 'w't ti rioed 'di bod ofn 'i ddeud o o'r blaen.'

'Yn fyddar,' ildiais ac anadlu'n ddwfn. 'Tasa fo neu hi'n dewis ca'l y driniaeth, sut 'swn i'n medru cyfadda wrtho fo 'mod i'n hun 'di bod yn ormod o gachgi i neud?'

'Pa!' poerodd Mam, a throi nôl i ddadlau efo Pete gan wbod mai fo oedd yr un oedd wedi plannu mater y driniaeth yn 'y meddwl i yn y lle cynta'n lle gadael i betha fod. "I throi hi'n un o'na chi – chdi a dy deip, ffyliaid penboeth – dyna t'isio 'de?'

'Oes rhwbath o'i le ar 'i gneud hi'n haws i Siw glwad 'i air O? Dyliach chi fel dynas capal gefnogi hynny.'

'Capal comon-sens sgynnon ni, ddim dy gapal nytars di!'

'Mam, 'sna'm isio –'

'Bryd i chdi weld, Siwan,' torrodd Mam ar 'y nhraws i. 'A bryd i hwn olchi'i glustia a chlwad gymint o rwtsh mae o a'i griw'n siarad.'

To'n i rioed wedi'i gweld hi'n siarad mor hyll â hyn efo neb o'r blaen, ond ro'n i'n gweld hefyd ei bod hi'n

ymladd brwydr bwysica'i bywyd. Fedar hi'm dirnad
'y ngholli i, na dirnad chwaith na *fysa* hi'n 'y ngholli i
drwy i mi ga'l y driniaeth.

'Be'n union 'dach chi'n ga'l allan o'ch capal,
Nesta?'

Gad hi, Pete, meddyliais. Cym' y llwybr hawdd am
unwaith, anwybydda hi.

"Mbach o synnwyr 'de,' atebodd Mam. 'Dehongliad
o'r byd a'i betha. Ma Mr Parry'n goblyn o weinidog bach
da, a paid ti â meiddio awgrymu fel arall.'

'Dehongli,' rhwbiodd Pete ei ên gan ffugio diddordeb
mawr. "Ta gwyrdroi'r Gair i'ch dibenion chi'ch hun?
Troi Duw'r Gwir yn Dduw cymhedrol?'

O'n i wir yn meddwl 'sa Mam yn 'i hitio fo, ond mi
ymsythodd i'w llawn bum troedfedd a chodi'i phen yn
uchel. 'Be sy o'i le ar gymedroldeb?'

'*Wiw* i ni fod yn gymhedrol!' Fatha peltan.

'Bygar gwirion!' tasgodd Mam i'w gyfeiriad a throi
am ei gwely yn y stydi, wedi cael mwy na llond ei bol,
ac wedi dallt o'r diwedd fod dadlau efo Pete fatha siarad
efo wal.

PETE

Mae hi'n fy llygadu'n amheus.

Gwyddai 'mod i'n pasio, felly fedar yr ymweliad ddim
bod yn andros o sioc iddi.

'Mi a'th hi, ma'n siŵr do,' medd Nesta'n wangalon.

'Do, mi a'th. Ma hi ar y trên. Mi fydd hi yn Llundain cyn
hir.' O ystyried y traffig, chwarter awr sy gen i i hudo neges
o gefnogaeth gan Nesta i'w ddwyn i Lundain i gyfarch Siw.

A gobeithio 'nghalon na fydd gormod o draffig yn y pen arall. 'Meddwl ella 'swn i'n sôn wrthi 'mod i 'di galw.'

'Isio mi ddeud bob lwc wrthi w't ti?' Dilynaf hi i mewn i'r parlwr. Ogla polish. 'Waeth i ti fynd ar dy ffordd rŵan hyn, achos 'na i ddim.'

Trwsio pontydd.

'Dwi *yn* dallt, Nesta. Dwi wir *yn* dallt.' Dwi'n sefyll o'i blaen er mwyn iddi 'ngweld i'n siarad ond mae hi'n osgoi sbio ar 'y ngheg i.

'Unwaith ti'n newid rhwbath mor sylfaenol, w't ti'n newid y *cwbwl*. W't ti'n creu llanast, newid bywyd rhywun reit ar 'i ganol o. Mae o fatha… fatha rhoi sbocsan yn olwynion rhwbath. Ma'r cert yn disgyn, y cwbwl lot yn disgyn.'

Be haru fi'n meddwl fod chwarter awr yn ddigon o amser i drwsio'r bont hon?

'Y cyfan ma hi isio ydi i chi ddeud ych bod chi hefo hi ar hyn.'

Dwi'n sylweddoli 'mod i'n colli 'nhymer efo hi, ac yn methu cadw 'mreichiau'n llonydd. Ma'r cŵn tsieina sy wedi perchnogi'r silff ben tân ers dechra amser yn fy llygadu i'n amddiffynnol – 'swn i'n tyngu mai nhw'll dau ydi'i chlustia hi – a'r cloc mawr ar y wal yn mynnu gwrandawiad.

'Sut fedra i ddeud 'mod i efo hi, a finna ddim?'

Twyll, Nesta. Y twyll sy'n ein cadw ni efo'n gilydd, y twyll sy'n trwsio pontydd, twyll cau ceg a pheidio deud be sy tu mewn go iawn, hwnnw sy'n ein cadw ni'n hapus.

Mae Nesta'n codi ac yn mynd allan o'r stafell. Edrychaf ar y cŵn tsieina: ma'n nhw'n sbio arna i'n sarrug dros 'u trwynau crachaidd, a'r cloc yn dal i dipian drwy 'mhen, fatha tasa fo'n gneud ati i gadw sŵn rŵan bod ma rywun sy'n gallu'i glywed o. Fydd Siw ddim callach 'mod i wedi galw, 'mod i wedi trio, ac wedi methu.

SIW

Dwi'n gwylio'r wlad ddiarth yn gwibio heibio'r ffenast, heb amynedd i ddarllen. Ma'r meddyliau ar chwâl: pam na fedra i gysgu, a'u cau dan gaead, pam na fedra i ganolbwyntio ar Lundain a diwedd y daith heb amau? Bydd Pete yn Euston, ond dydi hynny ddim yn gwthio'r ofnau o'r neilltu.

Dim ofn methiant ydw i, er bod y syniad o orfod wynebu Pete dan y fath amgylchiadau'n fwy na galla i odda'i ddychmygu. Ond dydw i ddim mewn gwirionedd yn gallu gweld gyn bellad â hynny. Ddim heddiw.

Neithiwr, pan adawodd Pete am Aberystwyth, bron na fyswn i wedi crefu arno i beidio â 'nghyfarfod i'n Euston. Fedra i'm dallt fi'n hun 'di mynd.

Ma'n nhw'n cysgu. Stiw a Mand. Ei law o ar ei ben-glin, yn llipa reit. Dwi'n teimlo'r hen wraig yn anadlu'n ysgafn wrth fy ochor a dwi'n gwbod ei bod hi'n effro. Rŵan. Cyfle i'w rhybuddio. Cyfle i'w goleuo ynglŷn â'i dau warchodwr. Ewch yn ôl i Landudno gynted ag y medrwch chi, ddynas fach. Mi eith Pete a fi â chi 'nôl efo ni yn y car os 'dach chi isio. Gwyliwch nhw, ma'n nhw'n beryg, 'chi. Dihirod, May. Y cwbwl ma'n nhw isio ydi'ch pres chi.

Mae hi'n troi ata i. Wedi teimlo rhyw gynnwrf yn rhedeg drwy 'nghorff i, debyg. Gwth o oedran yn syllu drwy ddau lygad main, gwlyb fel llygaid hen ast ddefaid wedi blino byw. Gwên.

Gwenaf yn ôl arni, cyn difrifoli drwof, sythu

yn fy sedd a gafael yn ei braich. Mae ei llygaid yn gwestiwn.

'Dach chi'n iawn 'y mach i?'

Dwi bron ag ateb pan gofiaf mai Saesnes, neu Gymraes ddi-Gymraeg dwi fod.

'*I, uh...*'

Teimlaf yn hen bitsh am neud iddi stryffaglu yn ei hail-iaith.

'*You look worried...*' Yndw, a tasa chdi ond yn gwbod pam.

'*Do you know what's happening to you?*' Dyna ni. Dyna neidio i'r dwfn.

Ond mae hi'n pwyso'n agosach ata i, heb glywed.

'*Excuse me...?*'

Mae Stiw'n symud yn ei gwsg, a chollaf fy hyder. Wna i ddim mentro codi fy llais rhag iddo fo glywed hefyd. Dydw i ddim eto'n hollol siŵr pa mor uchel ydi fy llais i i'w glywed dan amgylchiadau sensitif fel hyn. Ac mae gormod i'w golli. Gormod ganddi *hi* i'w golli.

'*It's going to be a nice day,*' meddaf yn llywaeth, gan ymdrechu i wenu.

'*What?*' medd hitha a phwyso eto i 'nghyfeiriad. Damio! I be oedd isio mentro?

'*Nice day,*' meddaf eto'n uwch. Mae Mand yn deffro, a May'n gwenu'i dealltwriaeth a'i chytundeb arnaf. Rhydd Mand wên dila, cyn ymroi'n ôl i gwsg o freuddwydion melys am ffortiwn fydd yn agor drysau'r byd iddi.

Mae May'n deud rhwbath wrtha i, ond dwi ddim yn medru gweld ei gwefusau na'n gneud ymdrech i sbio go iawn. Gwenaf i'w chyfeiriad eto, ond dydi hi ddim yn ymddangos fel pe bai hi'n poeni a ydw i'n 'i chlywed hi ai peidio. Mae hi'n cymryd yn ganiataol 'mod i'n ymateb, a hitha'n methu 'nghlywed i. Sgwrs i'r gwacter. Un yn siarad gan feddwl ei bod hi'n siarad â'r llall. Y llall am iddi feddwl hynny, ond yn clywed dim byd.

'Swn i ond heb ddechra'r celwydd ma, wedi dangos yn iawn pwy ydw i, wedi deud 'mod i'n medru darllen be ma hi isio'i ddeud wrtha i ond iddi droi'i phen y mymryn lleia i 'nghyfeiriad i. Nesh i ddim twyllo'n fwriadol, dim ond gadael i betha symud yn 'u blaena'n naturiol a darllen wyneba yn nrych y ffenast. Tasa gin i owns o ddewrder Dan, mi fyswn i'n deud y cwbwl wrthi.

Dan eto, yn mynnu gwthio'i ffordd i 'meddwl i, a finna'n ymdrechu mor galed i gadw'r caead yn dynn ar gau arno. Ddim heddiw, ddim rŵan.

Pan gyrhaeddon ni nôl i'r tŷ neithiwr, gafaelodd Pete yn dynn, dynn amdana i, er 'y mwyn i'n gymaint ag er 'i fwyn o'i hun. Gafael ynof yn angerddol, fel tasa 'ngwasgu i'n mynd i newid petha, yn mynd i droi'r cloc yn ôl. Gafael ynof fel taswn i'n Dan.

PETE

Daw Nesta yn 'i hôl, a finna ar fynd drwy'r drws, yn gweld y munudau wedi pasio'n rhyfeddol o sydyn, ac Euston yn galw.

'Ddo i efo ti,' medd, gan wisgo'i chôt. 'Fedra i fod yna mewn corff os nad mewn ysbryd.'

Wna i ddim gofyn dim. Dim ond derbyn.

'Diolch.'

6
TAMWORTH

SIW

Rhyw ddydd Sadwrn oedd hi, dwi'n reit siŵr, achos dod adra o'r dre o'n i, ddim o'r gwaith. Llynedd, fis neu ddau cyn i ni briodi. Ro'n i wedi bod yn chwilio am bresant bach i Llion ar gyfer y diwrnod wedyn pan fyswn i'n dal y bys i Frynsiencyn ar ymweliad y dyliwn fod wedi'i neud ers wsnosa, ac ar dân isio dangos y trên bach pren a brynais iddo i Pete. Coflaid o drên lliwgar, a'i olwynion o'n troi fel trên go iawn, a chloch yng nghaban y gyrrwr. Ro'n i'n fwriadol wedi osgoi prynu rhwbath plastig am fod pren yn edrych yn well, yn ddrutach ac yn fwy parhaol rywsut. Dwn i'm ai plesio Llion neu blesio Noi oedd y prif fwriad. Mi fysa plastig wedi bod yr un mor ddeniadol i'r bych, debyg.

Roedd y trên gen i mewn pecyn yn fy mreichia wrth i mi ddod i mewn i'r tŷ. Safai Dan o flaen y lle tân yn siarad efo Pete. Cyfarchais o'n hwyliog a'i wahodd i aros i swper, ond ar yr un gwynt mi sylweddolais i nad Dan fel oedd Dan i fod oedd hwn. 'Nath o'm 'y nghyfarch i â'i wên a'i goflaid arferol ac roedd rhwbath amdano a'm rhybuddiai nad dim ond galw i weld sut oeddan ni oedd o.

Roedd Pete eisoes wedi symud ei stwff a fo'i hun i

fy fflat a'n dyweddïad wedi'i ffurfioli efo modrwy ar ddiwrnod y symud fel na fyddai'r cyd-fyw dros dro'n achosi gormod o godi aeliau i'w gyd-gapelwyr. Doedd Dan ddim wedi galw i ddymuno'n dda i'w ffrind gora yn ei gartra newydd ers hynny. Naturiol ddigon oedd i mi feddwl mai dyna oedd pwrpas ei ymweliad o'r pnawn hwnnw.

Ond gwyddwn yn syth wrth edrych arno'n sefyll o flaen Pete yn y stafell fyw nad dyna pam oedd Dan yn galw.

'Ti'n iawn?' gofynnais yn reddfol.

"Di dŵad i siarad efo Pete,' meddai Dan heb ddim o'i asbri arferol.

PETE

Pan ddoth o mewn, ro'n i'n gwbod bod rhwbath o'i le. Doedd o heb fod yn driw i'r capal ers misoedd – rhyw unwaith bob tri Sul 'swn i'n 'i weld o yno, ac roedd rhwbath yn ei gylch o'n newid.

Mi steddodd, disgyn i'w gadair, a phwysa'r byd yn amlwg ar 'i sgwydda fo. Nath o'm siarad gwag, 'mond dod yn syth at y pwynt.

'Fedra i'm twyllo rhagor.'

Doedd dim angen holi am be roedd o'n sôn. Ro'n i'n gwbod yn barod, ers blynyddoedd.

'Dwi'm yn gofyn i ti dwyllo,' atebais. 'Gofyn i ti newid dwi. Gredish i bo chdi wedi gneud.'

'Disgyn mewn cariad efo'r person ma rhywun,' meddai, 'ddim efo'i ryw o neu hi.'

"Na ddigon!' gorchmynnais. To'n i'm am gymryd mwy o'i ddadla fo. Ro'n i 'di bod dan yr argraff ers blynyddoedd bod Dan 'di rhoi hynna i gyd tu cefn iddo fo. Roeddan ni i gyd 'di newid, am mai dyna ma blynyddoedd yn 'i neud i ni. Pan euthum yn ddyn...

'Neu o leia, dyna o'n i'n *arfar* gredu,' meddai Dan wedyn fatha taswn i heb agor 'y ngheg. 'Ond ma'n wir be ma'n nhw'n ddeud. Fedri di'm gwadu dy dueddiada.'

'Dan, dwi'm isio cl'wad hyn – ' dechreuais.

'Dwi'n ista o flaen y bocs weithia,' torrodd ar 'y nhraws i, 'yn sbio ar bobol, yn trio gweld ffordd o licio genod, a'r un fath 'di hi bob tro. Well gin i George Clooney na Gwyneth Paltrow, well gin i'r boi 'na sy'n actio Dr Who na honna sy'n actio'i helpar o, well gin i Gari Owen na Heledd Cynwal. Hefo George Clooney, Gari Owen neu Dr Who dwi'n dychmygu fy hun, a dwi'n ista o flaen y bocs yn gneud hyn ar nos Sadwrn, ac wedyn ar fora dydd Sul, dwi yn y capal yn gwrando arna chdi neu rywun arall yn sbowtio Paul a "ni chaiff rhai sy'n ymlygru â'u rhyw eu hunain etifeddu teyrnas Dduw", a dwi'm yn gwbod be dwi'n neud. Dwi ishio... dwi ishio...'

'T'isio Iesu Grist,' torrais ar 'i draws o.

'Ydw!' meddai'n bendant.

'A t'isio pechod.'

'Fedra i'm newid be ydw i.' Roedd 'i ddwylo fo'n crynu ar ochra'r gadair.

'Medri.' Tawel.

Dyna pryd doth Siw i mewn i'r tŷ, a gweld bod petha 'mhell o fod yn iawn. Ciliodd i'r gegin.

Erfyniais ar Dan i ailfeddwl, ceisio codi o'i gyflwr a chau

allan y pwerau oedd yn trio'i dynnu oddi wrthan ni, ond doedd ganddo ddim clust i wrando. Roedd o eisoes â'i lygid ar ei fywyd newydd, wedi colli'r ffordd.

SIW

Es i'n syth drwadd i'r gegin i ferwi'r teciall. Trefnais y cwpanau ar y bwrdd gan estyn y llefrith a'r fowlen siwgwr a'u gosod ar hambwrdd glân. Roedd rhwbath yn ymarwedd Dan a wnâi i mi deimlo nad oedd rhan i mi yn y sgwrs – rhwbath diarth, difrifol.

Pan es i mewn â'r paneidiau, yn dal i ddisgwyl i Dan dynnu 'nghoes i ynghylch y fowlen siwgwr a'r hambwrdd, roedd y ddau'n ddwfn yn 'u sgwrs. Sylwon nhw ddim arna i am rai eiliadau a Pete yn siarad yn ddwys. Do'n i ddim yn dallt. Roedd cefn Dan tuag ata i'n ysgwyd yn ôl ac ymlaen fel tasa'r symud yn mynd i'w helpu fo i yrru pa bynnag gythreuliaid a'i plagiai ar ffo, a Pete a'i ben i lawr wrth ei ben yn ceisio'i gael o i ddallt rhwbath. Ysgydwai Dan ei ben yn methu, neu'n gwrthod, derbyn be oedd gan Pete i'w ddeud wrtho fo.

'*Fedri* di ddim. Ma'n rhaid i ti ymladd...'

'O's un 'nach chi'n mynd i ddeutha fi be sy?' Ceisiais ysgafnu fy llais, ond go brin 'mod i 'di llwyddo.

Edrychodd Pete i 'nghyfeiriad. Medrwn ddarllen ei edrychiad: doedd yna ddim lle i mi yn yr olygfa hon. Arhosais yno â'r hambwrdd yn 'y nwylo am eiliad, yn dal i deimlo'r siom o beidio cael tynnu 'nghoes yn ei gylch gan Dan, cyn troi'n ôl am y gegin.

Roedd yr arwyddion yno i bawb eu darllen ers misoedd. Dyliwn fod wedi amau nad oedd petha'n iawn.

Roedd Dan i bob golwg 'di rhoi'r gorau i weithio ar ei ddoethuriaeth ers amser, a finna wedi digwydd sôn yn ddidaro wrtho unwaith am y peth. Pw-pwiodd fy 'ngherydd' yn reit siarp, heb yr hwyl arferol, a chaeais inna 'ngheg ac anghofio am y peth. Roedd Pete wedi deud hefyd iddo glywed bod 'na rywun go uchel yn yr adran hanes wedi dechra holi ar ôl Dan, ond feddyliodd yr un ohonan ni'n dau fod mwy i'r peth na bod Dan yn mwynhau ei hun ormod i boeni am ryw betha bach di-nod fel gwaith ymchwil a thiwtorials.

Pan gyhoeddodd o'r diwedd ei fod am 'stwffio'r llechi' a chwilio am waith, ro'n i yno i'w wylio fo'n llyncu peintiau'r 'dathlu'. Edrychai ymlaen, meddai, at ailymuno â'r ddynoliaeth ar ôl blynyddoedd yn nhyrra academia (a'i dafod o'n llenwi ei foch wrth ddeud). Fuo 'na ddim tystiolaeth ei fod o wedi rhoi unrhyw gamau *ymarferol* ar waith i chwilio am swydd, chwaith. Diystyrais sylw Pete y gallai fod wedi mynd yn bell tasa fo wedi dal ati ar ei ddoethuriaeth fel gofal gor-dadol ffrind ysgol, a thynnais ei goes iddo fynta neud yn union yr un peth â'i ymchwil o. Roedd coleg yn llawer mwy na dim ond gwaith, on'd oedd o?

Taswn i ond wedi sylwi ar y pryd ar y petha erill, rhyw eiliada bach yn ein cwmni pan fysa'i feddwl o'n bell a'r hwyl yn fflatiach. A'r troeon eraill, pan oedd o'n llawn hwylia, yn gymaint o glown ag arfar, neu'n *fwy* o glown nag arfar ella, yn fwy dros-ben-llestri, fatha tasa'r gwiriondeb ynddo'n mynnu berwi drosodd i neud iawn am ryw ofid, rhyw stafell dywyll nad oedd lle i ni ynddi.

Cefais gipolwg ar ddrws y tŷ'n cau'n glep tu ôl i Dan wrth iddo adael. Daeth Pete i'r gegin ac ateb y cwestiwn ar fy wyneb.

'Mae o'n colli'i ffydd, Siw.' Dwys. Difrifol. Pete. Eiliad.

'Ddudodd o pam?'

Nath Pete ddim byd ond codi'i sgwydda ac ysgwyd ei ben, cyn gafael am y teclyn i oleuo'r teledu.

Dros yr wsnosa wedyn, welais i fawr ar Dan. Ddudodd Pete wrtha i am beidio galw efo fo. Y Sul wedi ei ymweliad, doedd Dan ddim yn y capal. Cynigiais y gallen ni daro heibio'i fflat, ei wahodd i ginio, nes i Pete awgrymu mai gadael iddo oedd ora.

PETE

'Fedrwn i'm byw dau fywyd, cerddad dau lwybr 'run pryd. Rhaid i ni aberthu rhwbath cyn medru derbyn rhwbath yn 'i le fo. Ma credu'n gofyn am aberth.'

Lluchiwn y geiria ato fo yn y gobaith 'sa rhyw faint ohonyn nhw'n gwreiddio, ond mi sbiodd arna i, yn methu gweld be o'n i'n drio'i ddeud wrtho fo, a'i wyneb yn fflamio.

'Bastad,' medda fo. Ac am unwaith, roedd o wir yn 'i feddwl o, ac mi deimlish i'r llawr yn gwegian o dana i pan ddudodd o fo. Nath o'm gweiddi, ond mi oedd y gair yn dod o rwla pell tu mewn iddo fo; fatha tasa fo 'di bod yn llechu yno ers dyddia ysgol, iddo fo ga'l 'i luchio fo, 'i ffrwydro fo, ata i ryw ddiwrnod, a'r diwrnod hwnnw wedi dod.

Fysa fo ddim wedi galw tasa fo ddim isio gwrando o gwbwl, ond isio'r cwbwl oedd Dan, isio'r wobr heb iddo'i haeddu hi, heb yr aberth. Roedd o fatha person diarth i mi bellach, neu fatha llun ohono fo'i hun 'di pylu dros oesoedd, ei wynab o 'di pilio bron fel na 'swn i'n 'i nabod o, a'r hen Dan llawen wedi hen bydru'n ddim.

Fedrwn i'm deud yr hyn roedd o isio'i glywad.

SIW

Newydd adrodd saga Llion bach yn torri ei drydydd dant oedd Noi dros baned yn y caffi llysieuol, pan ddudodd hi wrtha i. Bron fatha tasa hi'n gobeithio na ddalltwn i, na fedrwn ddarllen ei gwefusau, na dilyn y newid yn y sgwrs, er yn gwbod ar yr un pryd bod yn rhaid iddi ddeud wrtha i. Ond mi *nesh* i ddallt.

'Ma Dan yn hoyw.'

Dechreuodd y pnawn hwnnw yn 'yn tŷ ni neud synnwyr o'r diwedd, a dechreuais weld nad oedd Pete ond wedi rhoi hanner y stori i mi. Dechreuais ddallt pa mor arw oedd petha wedi bod i Dan, pa mor ddwfn oedd ei iselder, pam y bu iddo droi'i gefn ar y capal. Sylweddolais mai crefu am gefnogaeth ei gapal i'w rywioldeb oedd pwrpas ei ymweliad y dydd Sadwrn hwnnw y prynais i'r trên i Llion, nid chwilio am nerth i ffydd wan. Gwawriodd y posibilrwydd yno' i mai Pete ei hun a'i cynghorodd yn y diwedd i beidio â thywyllu'r capal os na fedrai o gau'r drws ar ei hoywder a newid.

'Yndi... yndi... ma'n siŵr 'i fod o,' oedd yr unig ymateb medrwn i ei gynnig i Noi. Wrth gwrs ei fod o, taswn i ond heb fod mor ddall.

'A ma'r blydi brawd 'na sy gin i'n gwbod ers amsar, ond yn gwrthod derbyn. Mi 'na'th yn glir i Dan bod rhaid iddo fo ddewis...'

'Oes gin Dan gariad?' gofynnais, i droi'r sgwrs at

rwbath heblaw lluchio cyllyll at Pete.

Oedodd Noi am eiliad. 'Nag oes. Neb arbennig,' atebodd. 'Fedra i'm coelio bod Pete heb ddeutha chdi.'

'Trio'n sbario i oedd o, ma'n siŵr,' atebais yn wangalon.

'Tasa fo ond yn stopio chwara Iesu Grist, a dechra tyfu fyny, 'sa pawb yn hapusach 'u byd,' ychwanegodd Noi'n chwerw, gan yfed gweddillion ei choffi ac anelu pram Llion bach – oedd yn cysgu'n drwm ar ôl bod yn effro drwy'r nos efo'i ddannedd – am allan. Roedd ganddi fws i'w ddal.

Fedrwn i ddim mynd adra heb alw i weld Dan.

PETE

Cysgod oedd o pan ddechreuodd o yn rysgol efo ni, fatha rhith ar ymylon gwersi a buarth amsar chwara, nad oedd neb yn 'i weld o na'i glywad o. Lwmp o ddieithrwch lletchwith deuddeg oed, nad oedd yn amharu dim na'n cyfri dim yn ymwneud yr hogia â'i gilydd. Cysgod trwm ar 'i draed, o stafall ddosbarth i stafall ddosbarth, diwyneb rhwng gwersi, di-lais ynddyn nhw, cysgod ar y cyrion a ddiflannai'n ddim wrth iddo gamu allan drwy giatiau'r ysgol ddiwedd pnawn. Ro'n i'n ama ar y cychwyn mai 'mond fi oedd yn medru'i weld o, gyn lleiad o'i ôl roedd o'n adael arnan ni, a felly buodd o am wsnosa a finna'n trio magu digon o blwc i siarad efo fo, achos roedd 'na ran ohona i ofn 'swn inna'n diflannu i'r cysgodion ato fo'r munud 'swn i'n cydnabod 'i fodolaeth o.

'T'isio switsan?' gofynnais iddo wrth y toiledau ac estyn

fy mhaciad *Wine Gums* i'w gyfeiriad o ar ôl byw'r cwestiwn yn 'y mhen ers dyddia lawar cyn mwstro'r dewrder i'w leisio. Mi gymerodd un yn sydyn a mwmian ei ddiolch dan ei wynt fatha tasa fo isio i'r peth orffan iddo fo ga'l mynd yn 'i ôl i fod yn ddim ond rhith unwaith eto. Ond o fod wedi mentro gyn bellad â hyn, â nghynllun i siarad ag o fel bod normal yn glir yn fy meddwl, doedd dim troi nôl i fod.

'Susnag yn ddiflas,' meddwn i. 'Mrs Hodge yn siarad fatha sombi, yn ddigon i yrru chdi i gysgu.' Lledwenodd – eto'n sydyn – a gwingo'n anghyfforddus o oro' siarad efo cyd-ddisgybl. 'Siŵr bo chdi'n colli dy hen ysgol,' daliais ati. 'Lle oeddach chdi? C'narfon?'

'Blaena,' medda fo, a'i gadael hi ar hynny.

'T'isio gêm o British Bulldogs efo'r hogia?' gofynnais, heb ryw lawar o obaith 'sa fo'n tynnu'i siacad ac ymuno ym miri swnllyd y gêm oedd yn digwydd ar y cyrtiau tennis islaw.

'Well i mi beidio,' medda fo, a fentrish i'm holi pam.

'Sut le 'di Blaena?' holais wedyn, a finna wedi bod 'no ddwywaith ne' dair, ond fysa hi'm 'di bod o iws i fi ddeud, achos fysa fo'm 'di ca'l cyfla i ddeud dim byd wedyn.

'Iawn,' medda fo a sbio lawr arno fo'i hun yn llusgo'i droed ar hyd y crac yn y teils yn nrws y toileda, fatha tasa fo'n sbio ar droed rhywun arall.

Doth o adra efo fi o'r ysgol ddega o weithia cyn i fi ga'l mynd adra efo fo. Roedd o 'di hen stopio bod yn ddim ond cysgod erbyn hynny, ac wedi dechra siarad a chwerthin a gneud miri am y gora hefo'r hogia yn y gwersi, ar y buarth, a dechra gneud enw iddo fo'i hun o fod yn dipyn o laff. Er mai fi oedd 'i ffrind gora fo, roedd o'n ffrindia hefo pawb hefyd, rêl clown. Rêl Dan 'de.

Mi gymrodd ddwy flynadd dda siŵr o fod i fi ga'l mynd adra efo fo i weld 'i fam, ac mi ges resi o rybuddion gynno fo gynta amdani na fysa fo byth byth wedi yngan gair ohonyn nhw wrth yr hogia erill. Ond roeddan ni'n dau'n rhannu cymint erbyn hynny – ysgol, clwb Cristnogol, ysgol Sul, clwb capal – ac mi oedd gynno fo le i rybuddio am 'i fam, achos taswn i'm yn gwbod am 'i phylia o iselder hi a'r pylia wedyn o frwdfrydedd codi'r to, mi 'swn i 'di ca'l coblyn o sioc wrth fynd adra efo fo a gweld dynas ganol oed efo nyth brain ar 'i phen yn gorweddian ar y soffa ynghanol y tunia pop a'r paceidia crisps a bisgedi a sigarets, neu'r ddynas orffwyll yn 'i leotard ar lawr y gegin a'i choesa rownd i gwddw'n 'marfar 'i ioga, neu'r wrach a redai o stafall i stafall gan dynnu'r celfi a'r addurniada a phob dim i'r llawr wrth chwilio am chwilod efo dyfeisiada gwrando tu mewn iddyn nhw (ei phwl gwaetha i mi gofio, a fuo rhaid i ni alw doctor yn y fan a'r lle i ddod â mwy o ba bynnag dabledi oedd hi'n 'u cymryd).

Er nad oedd o'n meindio 'mod i'n dyst i'r dramâu bach hyn yn 'i gartra fo a'i fam, roedd o i'w weld yn ymlacio dipyn mwy pan oedd o adra'n tŷ ni, ac mi o'dd hi'n llawar brafiach gen i 'i wahodd o yno yn hytrach na 'run o'r hogia erill achos ro'n i'n tueddu i ga'l stic yn rysgol am fod Dad yn deud gras cyn te. Ar ôl chydig, 'mond Dan fasa'n dod adra efo fi, ac mi fysa fo erbyn hynny wedi synnu llawar mwy o weld Dad *ddim* yn deud gras wrth bwr'.

'Ti 'di tynnu rhwbath rhyfadd allan yn yr hogyn 'ma,' medda'i fam o wrtha fi ryw dro ar un o'r adega prin hynny pan o'n i'n teimlo ella'i bod hi ar yr un blaned â ni.

SIW

Aeth Noi i ddal ei bys ac es inna ar fy union i fflat Dan. Roedd yn rhaid i mi 'i weld o. Nid Pete ydw i.

Yr hen Dan atebodd y drws i mi, diolch byth, ac mi wahoddodd o fi mewn a chynnig gwydraid o win i mi.

'A'th Noi adra 'ta...' meddai.

'Do,' atebais.

'Fi-fawr yn clicio'i fysadd ma'n rhaid,' meddai Dan, gan ei gneud hi'n glir ei fod o'n gwbod llawer mwy am fusnas teuluol 'y narpar-chwaer-yng-nghyfraith na fi.

Mi geisiais holi iddo be ddigwyddodd, pam nad oedd o 'di bod yn y capal, be oedd wedi digwydd rhyngddo fo a Pete, ond osgoi ateb ddaru o a chreu hwyl.

'Dwi'n hoyw, tra-la-la-la-la!' campiodd. 'W't ti'n gwbod *hynny'n* dwyt?'

'Yndw, siŵr.' Fel taswn i'n gwbod ers misoedd. 'Hapus hoyw?' mentrais, gan ofni 'nghalon y bysa fo'n meddwl yn syth mai fel ail Pete o'n i'n dod yno, i geisio rhwygo'i ryddid newydd oddi wrtho a'i droi'n ôl i'r gorlan.

'Hapus fel y gog, cariad,' campiodd eto. Ro'n i mor falch o gael bod nôl yn ei gwmni.

'Mi 'swn i'n medru ca'l gair hefo Pete, trio'i ga'l o i ddallt,' mentrais.

Chwerthodd Dan a throi'r sgwrs yn syth at ryw CD wych roedd o newydd ei phrynu.

Curai 'nghalon yn 'y ngwddw wrth i mi droi'r goriad yn y clo cyn mynd i mewn i'r tŷ at Pete. Fedrwn i'm deud celwydd wrtho, na fedrwn? Cau 'ngheg ac 'anghofio' 'mod i 'di bod yng nghwmni Dan. Diolch i'r nefoedd na fu rhaid i fi ddeud dim byd. Doedd Pete ddim adra. Wedi taro i Lanfairfechan i drafod cynlluniau'r briodas efo'i rieni. Am bnawn cyfan yng nghwmni Dan, ro'n i wedi anghofio pob dim am y briodas.

'Pam na 'sa chdi 'di deutha fi am Dan?' Mwstrais ddigon o hyder i ofyn wrth i ni fwyta'n swper.

'Nesh i ddeud,' medda fo'n ddidaro cyn rhoi fforciad arall o gyw iâr yn ei geg.

'Ddim yn iawn,' daliais ati. 'Ma colli ffydd yn un peth. Dio'm 'run fatha deud bod o'n hoyw.'

Rhoddodd Pete ei fforc i lawr a chnoi mwy ar y cig er mwyn i mi fedru ei ddallt o'n siarad.

''Run fath *ydi* o,' meddai. 'A to'n i'm isio siarad efo ti am betha hyll. Po fwya ti'n siarad am bechod, mwya o le w't ti'n roi iddo fo, a mwya o'i fudreddi o sy arnan ni.'

Roedd 'na fil o betha ro'n i isio'u deud, dangos iddo fo pa mor gyfeiliornus oedd meddwl fel'na, mai Dan oedd Dan o hyd, ei fod o'n ofnadwy o annheg. Ond gwyddwn y byddai eu lleisio'n arwain at wahodd y Beibl aton ni wrth y bwrdd bwyd, a be bynnag, lle oedd pen draw dadlau? Y cyfan o'n i isio mewn gwirionedd oedd pryd o fwyd yn ffrindia, gwely cynnar yn ffrindia, a Pete a fi fath ag arfer, felly ddudish i'm byd.

PETE

Dydi Nesta ddim wedi yngan gair ers gadael Caerdydd. Dim ond gwylio'r traffig yn agor o'n blaena gan hwyluso'r daith yn y lôn gyflym.

Lôn Dan.

A finna wedi meddwl mai ar yr un lôn â fi oedd o. Yn gyrru'n gyflymach na fi, ia, ond yn wynebu'r un rhwystrau.

Cicio'n sodlau ar y traeth oeddan ni. Mis i'w ladd rhwng canlyniadau lefel A a chychwyn yn y coleg. Dim i'w neud ond lladd amser yn siarad am y tair blynedd oedd i ddod. Roedd Dan yn ddistawach nag arfer, yn cydgerdded efo mi dros erwau diddiwedd y traeth a neb arall yn y golwg gan 'i bod hi'n bwrw glaw mân a fawr o awydd mynd i olwg dŵr ar neb – neb ond ni'n dau.

Roedd Dan wedi gafael yn fy llaw i, bron heb i mi sylwi. Cydgerddem efo'n dwylo ymhleth. A bod yn onest, 'nes i'm teimlo chwithdod: roedden ni'n ffrindia gora, yn sgwrsio'n wamal am be oedd o'n blaena ni. Teimlai'n naturiol i ni gyffwrdd.

'Isio diolch i ti,' meddai Dan yn dawel. ''Swn i'n neb hebdda chdi.'

Dyna pryd y gwawriodd hi arna i'n bod ni'n edrych fel dau gariad ar y traeth mawr. Tynnais fy llaw yn sydyn o'i un fo a rhyw fwmian annealltwriaeth o'i awydd i ddiolch.

Arhosodd yn ei unfan a 'nhroi i ato'n annwyl. Diolchodd i mi am ei arwain o i'r capal ac am agor ei galon a'i feddwl o, ac am ei garu o ddigon i rannu fy ffydd efo fo a'i gyflwyno i'w fywyd newydd.

Roedd iddo fynegi'i gariad tuag ata i'n swnio mor naturiol. Be oedd yn fwy diniwed na dau ffrind gorau'n cyfnewid geiriau o gariad...?

Dwi'n cofio mwmian y bysan ni'n gallu cadw cysylltiad hwylus drwy e-bostio'n gilydd rhwng Caerwysg a

Manceinion ac mi edrychodd arna i – gan ddisgwyl mwy o bosib – ond mi ddudish i wrtho fo mai troi am adra oedd galla rhag i'r glaw mân ein gwlychu at ein crwyn. Roedd dafnau bach bach o law fel rhwyd am ei wallt o'n barod.

SIW

Sbio yn y drych yn llofft Mam ar ryw ddynas ddiarth, fatha cacan briodas yn ei gwyn a'i les a'i thwincls, heb 'i nabod hi o gwbwl, 'i llygid hi'n llawn amheuon a'i cheg hi'n siarad efo fi a finna'n methu dallt y geiria, er bod hi'n ista o 'mlaen i, ac er mai fi oedd hi. Ailadrodd geiria'r gwasanaeth priodas, gan i fi'u dysgu nhw ar 'y ngho', ond toeddan nhw'm fatha tasan nhw'n gneud synnwyr – 'mond geiria, siapia ceg. Ro'n i wedi coluro hefyd, 'marfar ar gyfer y sioe go iawn y diwrnod wedyn, neu ella i herio fi fy hun, i ga'l gweld 'swn i'n 'i cholli hi wrth sbio ar yr olwg arna i yn y wisg 'sa'n cyhoeddi'n derfynol 'mod i'n clymu efo Pete. Dangos i mi fy hun: yli, fel'ma byddi di fory ac mi fydd hi'n rhy hwyr. Rŵan 'ta os ti'm yn licio be ti'n weld, ella 'sa'n decach efo pawb 'tasa chdi'n neud rwbath amdano fo rŵan, ddim fory.

Tasa Dan 'di ca'l gwahoddiad i'r briodas, ella fysa fo, fatha oedd Noi, yn aros efo fi yn nhŷ Mam yng Nghaerdydd, a fysa fo wedi gyrru'r holl amheuon a'r ofna ar ffo y munud godon nhw, drwy chwerthin ar 'y mhen i a malu cachu, ac mi 'sa pob dim 'di bod yn iawn yn syth, un ffordd neu'r llall. Ond toedd 'na'm ffordd fedran ni'i wahodd o, ac mi oedd o i'w weld yn dallt hynny, achos mi oedd o wedi tynnu digon ar 'y nghoes i cyn i ni ddod lawr i Gaerdydd. Mi gafodd o weld gwisg tywyswraig Noi a gwisg macwy Llion ac mi dynnodd o'r pis yn ddidrugaredd yn eu cylch.

Heb i Pete ddeud dim, roedd hi'n ddealladwy na fysa Dan yn dŵad, a heb ddeud dim, mi gymrodd Dan y beltan ar 'i ên heb yngan gair o brotest. Roedd Pete wedi deud bod Dan wedi gneud ei wely, a thra bod posibilrwydd mai dyn oedd yn gorwedd ynddo hefo fo, doedd Pete ddim isio gwbod. Daliwn yn argyhoeddedig mai matar o egwyddor oedd y peth i Pete, ac eto, mi 'swn i 'di gallu deud rwbath, pledio hawl Dan i fod yno, rhwbath i neud iddo fo godi'r ffôn neu adael i mi roi'r gwahoddiad iddo ar lafar. Debyg 'mod i'n gwbod o'r cychwyn nad oedd diben i mi geisio dwyn perswâd ar 'y narpar-ŵr.

Boed hynny fel y bo, to'n i'm yn licio'r ddynas o'n i'n weld yn y drych noson cyn 'y mhriodas. Ac nid Dan oedd yr unig un ro'n i wedi neud tro gwael ag o. Drannoeth, ro'n i'n mynd i briodi dyn ro'n i'n 'i dwyllo. Celwydd, celu'r gwir, 'run peth ydan nhw'n y bôn. Ma unrhyw un sy'n rhannu'i bywyd yn adranna'n mynd i orfod byw hefo'r canlyniada, a'r gwaetha 'di cydwybod – hwnnw a gwbod na 'swn i 'di gallu peidio.

Ma'n syndod, debyg, mor hwylus y llithrais i'r arfar o ddeud clwydda. Roedd o'n llai o dreth arna i na gorfod mynd heb weld Dan, heb ddos o gwmni'r ffrind gora fu gen i rioed heblaw am Noi. Dechreuodd hitha neud pnawn Sadwrn yng nghwmni Dan a minna'n arferiad – weithiau â Llion efo hi, weithiau ddim. Gofynnodd i mi oedd Pete yn gwbod 'mod i'n treulio 'mhnawnia Sadwrn efo nhw a bu'n rhaid i mi gyfadda wrthi mai cyfarfod â hi a Llion o'n i'n 'i neud cyn bellad ag oedd Pete yn wbod. Doedd o ddim yn gelwydd mawr. Gofynnodd Pete i mi unwaith pam nad oedd Noi'n dod heibio i'r fflat, yn lle treulio oriau'n yfed paneidiau mewn caffis yn dre, a finna'n ceisio honni mai siopa oeddan ni'n dwy, sbio ar ddillad, colur a bethma, fel bydd genod yn neud.

Er na wisgai Dan ei grefydd ar ei lawes, roedd hi'n amlwg i mi bryd hynny, hyd yn oed, ei fod o'n cuddio teimlada dwfn ynglŷn â'r ffaith iddo orfod cilio o'i gapal. Welodd Noi erioed mohono'n gweddïo, nac yn canu'r emyna gyda'r fath arddeliad, fel y gwnâi yn y misoedd cyn iddo droi'i gefn ar y capal, nac yn gwrando ar bregeth fel tasa'i einioes o'n dibynnu ar ddysgu'i chynnwys.

'Welist ti sens yn y diwadd ta,' heriodd Noi o ryw Sadwrn mewn caffi. 'Ella coeli di fi 'ŵan mai crefydd 'di gwendid mwya dynoliaeth.'

Roedd Dan yn rhythu arni. 'Nesh i'm troi cefn arnyn nhw,' medda fo'n dawel a'i gadael hi ar hynna.

Yna, ar amrantiad, roedd o'n sboncio nôl i'w wisg clown. 'Eis crîm *strawberry dream*, efo dybl fflêc!' cyhoeddodd a'i lygaid yn dawnsio, a chodi i fynd at y cowntar. 'Genod? Ga i'ch temtio chi?'

Yn y drych, mi welais y ddynas yn gafael mewn hances bapur o'r bocs o'i blaen ac yn sychu'r minlliw coch oddi ar ei gwefusau i geisio gweld os dôi hi'n ôl yn rhywun roedd hi'n 'i nabod drwy neud hynny, a chan wbod hefyd na fyddai'n gwisgo'r minlliw y diwrnod wedyn rhag digio'r dyn fysa'n sefyll gyda hi wrth yr allor, rhag iddo'i chystwyo am geisio gneud ei hun yn rhywun arall a fynta ar fin ei phriodi. Doedd o rioed wedi licio iddi wisgo'r stwff p'run bynnag. Ond hyd yn oed ar ôl tynnu'r minlliw, roedd y ddynas ddiarth yn dal i fy wynebu yn y drych.

Wedyn, yn sydyn, mi wenodd arna i, gwên oedd hefyd yn ildiad, ac mi welish i'r ddynas yn meddalu fymryn wrth iddi ystyried y modd 'dan ni'n brifo'n gilydd ac yn brifo'n hunain wrth neud, ac yn y pen draw, does 'na'm modd peidio am mai fel yna'n lluniwyd ni. Yna mi feddyliodd y ddynas yn y drych am ei fory, am ddiwrnod ei phriodas, am Pete druan, mor unplyg, mor driw i'w ffydd nes colli'i ffrind gora o'i hachos hi a hitha'r ddynas yn y drych yn 'i dwyllo fo wedyn er mwyn blasu'r cyfeillgarwch a wadwyd iddo fo oherwydd y ffydd ddiwyro honno

ac mi ddoth 'na ryw lonyddwch melys drosti wrth iddi sylweddoli mai i hynny y doth hi, dim gwell dim gwaeth, a waeth iddi neud efo'r hyn oedd ganddi, achos wir, doedd o ddim mor ddrwg â hynny yn diwadd, oedd o?

'Would you like a Polo Mint?' Mae Mand yn estyn paciad i 'nghyfeiriad.

Dwi'n ysgwyd 'y mhen – dim diolch. Ymgais i wenu.

'No thanks.'

'Swn i'n medru gneud hefo Polo Mint hefyd. Ma 'ngheg i'n sych fel y Sahara. Ymateb yn reddfol, gwrthod cangen olewydd y gloman. Chymra i'm Polo Mint gan hon, waeth pa mor sych 'di 'ngheg i.

'Nice day isn't it?' Mae hi'n siarad drwy'r twll ynghanol 'i Pholo, gan ei gneud hi'n anodd am eiliad i fi ddallt be ddiawl mae hi'n ddeud. Dwi'n gwenu'n gwrtais arni cyn dallt be ddudodd hi. Gwên fach at bob achlysur, pob siarad gwag.

Ydi. Ydi! Mae'n ddiwrnod braf! Fedar pawb weld ei

bod hi'n ddiwrnod braf, 'sna'm isio cyhoeddi'r ffaith. Gwell peidio deud dim na malu cachu, heblaw bod y malu cachu'n falu cachu o safon fel oedd malu cachu Noi, Dan a fi'n arfer bod. Gwenaf wên cachgi.

Mae May'n chwyrnu eto, yn anghofio ei dau warchodwr fel y dyla hi. I be ma'r ddau wirion ma'n sôn am ddosio'i choffi, dwn i'm, a hitha mor barod i gysgu. Ella'u bod nhw wedi llwyddo i ollwng pilsen i'w phanad a finna heb sylwi ac mai dyna 'di'r cwsg mae May'n ei gysgu, cwsg difreuddwyd cyffur.

Mae Stiw'n sbio drwy'r ffenast eto, a golwg bell arno. Nid golwg dyn ar berwyl drwg, na dyn ar fin cael be mae o isio, ond dyn wedi blino. Blino ar be? Ar sgafio, ar chwilio a chwalu drwy finia sbwriel bywyd am ddigon o bres i'w gynnal ei hun; ar hongian o gwmpas yn neud dim byd ond bali breuddwydio, ddydd ar ôl dydd, flwyddyn ar ôl blwyddyn. A Mand, yr unig lefnyn o oleuni'n 'i fywyd o, yn gorfod dilyn, a fynta'n methu rhoi.

Stiw a Mand. Pam ddiawl na fydda'r ddau, a'u llwyth wyth deg chwech oed, wedi ista'n rhwla arall ar y blydi trên ma? Pam gythral bod rhaid iddyn nhw ista fan *hyn*?

Bydd Pete yn Euston, a Stiw a Mand a May wedi diflannu am byth o 'mywyd i. Mi fydd o yno i gario 'nghês i, i 'nhywys i at y car, i'n helpu i i mewn i wely'r sbyty, i ddal fy llaw ac i ddeud 'Dw i'n dy garu di' yn 'y nghlust i'n hytrach nag o flaen fy llygid i. Mae 'na wayw'n mynd drwof i wrth feddwl na fydd Dan yno. Dim Dan, dim Noi. Dim malu cachu braf, nes bod ein hochra ni'n brifo gan chwerthin, dim tynnu coes a hasl a siarad rwtsh bendigedig.

Ddoe, mi gynigiodd Noi ddod efo fi i Lundain. Deud er mwyn deud, a doedd hi na finna ddim yn meddwl am eiliad y bysa hi'n gwireddu'r cynnig. Sut gallai hi? Nes ddoe, dydi Pete a hi ddim wedi torri dau air efo'i gilydd ers diwrnod y rali, y diwrnod adawodd hi Carwyn.

Ers deufis, dwi'n ddau 'fi': 'Fi' a Pete; a 'fi', Dan a Noi. Ro'n i'n ddau ers llawar iawn cynt hefyd, rhwng cogio mai cwarfod efo Noi nawn ni, nid Noi *a* Dan, ond tir llwyd oedd hwnnw a finna'n twyllo fy hun nad celwydd go iawn mohono. Ond ers diwrnod y rali, diwrnod Noi'n gadael Carwyn, ma'r llwyd wedi tywyllu a finna efo fo: fedrwn i'm dewis rhagor rhwng y ddau 'fi', dim ond byw hefo'r ddau ar wahanol adega, a chyhyd â bod y ddau'n parhau ar wahân roedd pob dim, ar y cyfan, yn iawn.

Y rali heddwch oedd ar fai, hynny neu Noi'n gadael Carwyn, dwi'm yn siŵr iawn fy hun, a fentra i'm gofyn i Pete, hyd yn oed tasa gin i ddigon o ddiddordeb bellach mewn gwbod. Yn fflat Dan roeddan ni fod i gwarfod, a'i chychwyn hi wedyn tuag at y coleg lle roedd y rali, ond roedd Noi'n hwyr, felly mi benderfynodd Dan a fi gychwyn, a'i chwarfod hi yno. Roeddan ni'n dau'n cerdded i fyny'r allt am y coleg pan welon ni hi. Gwisgai sbectol haul, mis bach, ac unrhyw haul yn bell iawn tu ôl i haen drwchus o gymylau, a Dan yn gwamalu cyn i ni'i chyrraedd hi bron.

'Carwyn yn dy hitio di?' heb feddwl dim.

Nath Noi ddim chwerthin, a gwyddwn ar unwaith fod llawar o'i le ond roedd Llion yn anesmwytho yn ei goetsh. Dechreuais siarad babi ag o fatha tasa Dan heb ddeud dim byd, ond roedd Noi'n gafael yn 'y mraich i i 'nhroi i ati.

'Dwi 'di ada'l o,' meddai a'i llygid yn herio. 'Gredish i 'swn i'n neud y peth anrhydeddus a deutha fo yn 'i wynab, a gesh i ddwrn am 'y nhraffarth.'

'Noi!' ebychais.

'Be nei di 'de?' aeth Noi rhagddi gan godi'i haelia'n ddidaro. ' Mae o'n casáu ffermio, fatha finna. Ond ma'r llinyn bogal yn dal rhy dynn rhyngthi hi a fo, tydi. Well gynno fo stwna yn y cachu na siomi Mami.'

Ar amrantiad, roedd y darlun perffaith roedd hi wedi'i baentio i mi o fywyd Brynsiencyn, ac wedi dal ati i'w baentio ar hyd yr amsar, gan ychwanegu cyffyrddiadau ato o hyd, wedi 'i chwalu'n rhacs, a finna heb weld tu hwnt i'r siarad at deimlada go iawn Noi, neu os o'n i wedi rhyw rith-ama, wedi cnoi 'nhafod.

'Ma 'na bwynt yn dod lle na fedri di wenu celwydd ddim mwy,' meddai Noi. 'Ddim arno fo ma'r bai cofia. To'ddan ni ddim i fod efo'n gilydd, a dyna fo.' Wyddwn i ddim be i ddeud wrthi. 'Dowch, dan ni'n hwyr,' gorchmynnodd Noi wedyn. Y peth dwytha ar 'y meddwl i oedd rali heddwch, ond roedd hi'n benderfynol fel arfer.

To'n i ddim wedi bod yn y ralïau gafodd 'u cynnal adeg y Rhyfel go iawn, rhag cynhyrfu Pete, ac roedd dod i hon yn gymharol hawdd gan 'y mod i'n 'i dwyllo fo'n barod beth bynnag, ond roedd arna i ofn drwy dwll 'y nhin ac allan y bysa'r orymdaith yn dilyn yr areithio yn siŵr dduw o fynd heibio'r cloc ynghanol y dre, reit gyferbyn â Woolworths lle bysa Pete yn canu *Jesus Saves* efo'r Saeson. Ro'n i wedi rhybuddio Noi a Dan y byswn i'n gadael yr orymdaith cyn dod at y cloc a Noi wedi piffian gystal â deud pam ti'n trafferthu, jyst *deud* wrtho fo, ond toedd hi ddim fatha tasa hi'n dallt mor anodd oedd gwbod lle i *ddechra* deud a lle fysa'r deud yn gorffan.

Wedi'r areithia, a thrio cadw Llion yn ddiddig, derbyniais blacard efo 'Nid yn fy enw i' arno fo a dechra cerddad efo'r dyrfa o ddeucant neu dri tuag at y dre. Llion yn fwy llonydd gan ein bod ni'n symud bellach, a Dan o'i flaen yn deud petha gwirion wrtho fo. Côr o gega'n martsio canu *Give peace a chance* ac *Mi orchfygwn ni* heibio i siopwyr pnawn Sadwrn ym Mangor, rai ohonyn nhw â'u cega'n 'gorad wrth rythu'n ddigwilydd arnon ni, heb ddechra dallt: on'd oedd eu sebona dyddiol yn 'u slotia arferol, a'r rhyfel ar ben? Mi drion ni ddangos iddyn nhw nad oedd o ddim ac ella bod un neu ddau o'r digwilydd 'di dechra styriad i le 'sa tancia Bush yn debyg o fynd nesa, pa groesgad newydd oedd o'n baratoi ar 'yn cyfar ni, ac yn lle y tro hwn?

Wedyn, wrth ddringo'r allt fach am yr Eglwys Gadeiriol, dechra meddwl lle gallwn i adael y dyrfa, pan welish i bod yr hapi-clapis oedd yn arfar canu *Jesus Saves* o flaen Woolworths wedi symud heddiw i fanno, a gweld Pete ar yr un eiliad yn 'y ngweld i'n gwthio Llion yn 'i goetsh rhwng Noi a Dan, a'i wyneb o'n delwi ar ganol ei gân a'i freichia fo'n llonyddu ar ganol ystum gorfoledd oedd yn debycach i ystum 'Dwi'm-yn-dallt' pan welodd o fi, a diwerth bellach oedd unrhyw gynllun ro'n i wedi'i baratoi yn 'y meddwl i adael y dyrfa. Roedd na un neu ddau o'r Saeson yn curo dwylo wrth i ni basio – dim Pete, o na, dim Pete – ac eraill wedi dal ati i ganu er ein gwaetha fel tasa'u canu nhw'n mynd i'n troi ni at dduw'r rhyfel cyfiawn yn y fan a'r lle. Ond doedd gan Pete ddim geiriau i'w canu, dim ond sbio arna i nath o.

Yna, mi welodd Noi o, ac mi afaelodd hi yn 'y mraich i i 'nhynnu'n 'gosach ati fatha tasa hi isio 'ngwarchod i rhag 'i sbio fo, ac mi basion ni nhw, fel'na, heb rhyw firi mawr, a 'mrad yn llosgi twll tu mewn i mi.

Mynnodd Noi ddod adra hefo fi wedi'r orymdaith, a gadael Llion efo Dan.

"Sna'm isio,' meddwn i wrthi, ond doedd dim troi arni.

'Fydd o'n gyfla i fi ddeud 'tha fo amdana i a Carwyn,' meddai.

Roedd o yno'n ista, yn darllan, a ffugio dim diddordeb unwaith gwelodd o mai Noi gerddodd i mewn yn gynta.

'O'dd gynni hi berffaith hawl i fod 'na heddiw,' dechreuodd Noi arni'n syth.

Es i ista er mwyn gallu gweld be oedd Pete yn ddeud – i gosbi'n hun am fynd i'r rali ella.

'Ti 'di gŵr hi, ia?' holodd Pete heb godi'i ben.

'Bechod na 'sa chdi'n actio fwy fatha'i gŵr hi a llai fatha'i gweinidog hi weithia.' Fatha taswn i ddim yno o gwbwl.

'Dach chi rhywfaint elwach o'ch protest 'ta?' gofynnodd Pete. 'Siŵr bod Tony Blair a Bush yn crynu yn 'u sgidia.'

'Tasa pobol – pobol fatha chdi – yn gweld pa mor beryg ydan nhw...' orffennodd Noi mo'i brawddeg.

'Yn dy feddwl di,' meddai Pete.

'Twpdra 'di meddwl fel arall, y ffantasïa ma ti'n alw'n grefydd.' Ceisio'i wylltio fo ddigon i neud iddo fo edrych arni roedd hi, yn amlwg, fel pob tro arall am wn i, gneud iddo fo ymateb i'w sarhad ar ei ffydd o, yr annoddefgarwch crefyddol oedd wedi eu hollti nhw fel brawd a chwaer. Lwyddodd hi ddim.

'Yn yr awr ni thybioch – ' dechreuodd Pete a'i ben yn dal yn styfnig yn ei lyfr.

Cododd hyn wrychyn Noi. 'Ti'n coelio fatha Bush, twyt? Ti'n gwirioneddol goelio bod be sy'n digwydd yn Irac yn rhan o'r frwydyr fawr rhwng y da a'r drwg, y Cyfiawn a'r Anghredadun.'

Sbiodd Pete arni am y tro cynta. 'Cwbwl *dwi*'n neud ydi ista fama'n darllan llyfr.'

'Ia, a'n flin bod dy wraig di 'di mentro mynd i rali heddwch.'

'Paid â dechra,' meddai Pete.

'Ti'm yn gweld 'i dwpdra fo, Siw?' Trodd Noi ata i. 'Yn coelio mai barn Duw 'di rhyfel Bush, coelio yn rhwbath sy'm yn bod a chreu gofid i bawb, ym mhen draw'r byd a fama.'

'Cadwa fi allan 'no fo,' meddwn i.

'Os na 'mond dŵad yma i ffraeo nest ti, 'sa'n well i ti fynd,' meddai Pete gan droi'n ôl at ei lyfr i ffugio peidio gwrando eto fyth, ond roedd ei wefusau o'n wyn o gwmpas eu hymylon.

'Dŵad yma i ddeud 'mod i 'di gadal Carwyn dwi,' meddai Noi, 'cyn i chdi glwad o rwla arall.' Mi sbiodd Pete arni am eiliad ar ei waetha, ond ddudodd o'm byd. ''Sgin ti'm byd i ddeud?' prociodd Noi.

'Doeddach chi'm yn briod,' meddai Pete a sbio lawr eto. 'Be 'di gadal rhywun os nad oes 'na'm byd yn 'ych clymu chi wrth 'ych gilydd yn y lle cynta? Fel'na w't ti 'di bod erioed. Neidio o un peth i'r llall a dim byd i dy gadw di'n sownd.'

'Fatha hen ast boeth,' meddai Noi heb ddangos unrhyw emosiwn.

'Ia, hollol,' meddai Pete.

Ac mi wylltiodd hynny Noi am ryw reswm er mai hi ddudodd o. Mi lamodd at y pentwr o lyfra sy gynnon ni'n ymyl y lle tân nwy a chodi'r Beibl oddi arno i'w ddal o flaen trwyn Pete.

'*Llyfr* ydi o, Pete. Gin ddynion i gaethiwo dynion. Mwy o waed yn'o fo na'r rhan fwya o lyfra, oes, ond llyfr 'run fath.'

'Doro hwnna nôl,' meddai Pete.

'Ti'n gadal i lyfr dynnu llinyn mesur dros bob un dim. 'Na pam oedd Siw allan fanna'n cerddad gynna, am 'i bod hi'n gweld gymint o ffyliaid 'dach chi.'

'Noi –' rhybuddiais ond doedd hi ddim am wrando.

'Tasa pobol ddim mor barod i goelio rwtsh fatha hwn, fysa 'na ddim angan protestio'n erbyn rhyfel.'

'Ma'r da a'r drwg – ' dechreuodd Pete cyn iddi dorri ar ei draws.

'Dach chi'n dal i fyw yn yr Oesoedd Canol, yn dal i goelio yn Nydd y Farn, ac am 'ych bod chi'n 'i goelio fo, mi newch 'ych gora i neud iddo fo ddigwydd. Haleliwia, diwadd y byd!'

'Y Gair ydi o, a tra ti yn 'y nghartra i – ' gan anghofio, yn ôl pob golwg, mai fi sy'n talu'r rhent.

'Be am i bawb goelio be ma'n nhw isio,' ymdrechais ostegu'r storm.

'Pam ma Bush yn Irac, Siw?' Trodd Noi i fy wynebu.

'Olew 'de,' cynigiais yn wantan. 'Arian du.'

107

'Ia olew, a *llawar* mwy nag olew 'fyd!' Ei llygaid yn fflachio o flaen fy wyneb.

'...oblegid myfi yr Arglwydd dy Dduw, wyf Dduw eiddigus,' dechreuodd Pete gan adrodd o'i gof, 'yn ymweld ag anwiredd y tadau ar y plant, hyd y drydedd a'r bedwaredd genhedlaeth o'r rhai a'm casânt...'

Roedd Noi wedi rhoi slam i'r drws ar ei hôl nes bod y fflat yn drybowndian a Pete wedi dal ati heb gymryd dim sylw. Wrtha i roedd o'n siarad, fathag arfar. Es allan i'r gegin i'w osgoi, ond roedd o wedi 'nilyn i ac yn gafael yn fy 'sgwydda i. 'Nath o'm dangos ei fod o, efo bob gewyn yn ei gorff, yn trio ffrwyno'i dymer, ond mi oedd o.

'Ti'm i neud dim â hi,' meddai'n bendant. 'Ddim Noi, dim Dan. Ti'm i siarad efo nhw, ti'm i'w gweld nhw. Er dy les di dy hun.'

Yna mi arweiniodd o fi nôl i'r lolfa, agor y Beibl Cymraeg Newydd a dod o hyd i'w dudalen mewn dim cyn ei sodro o 'mlaen i.

'Darllan!' gorchmynnodd, gan roi'i fys lle roedd o isio i mi gychwyn, ac mi ddisgynnodd ar ei linia o 'mlaen i i mi weld ei fod o'n dal i siarad efo fi. 'Hwn 'di'r unig ddarn ohono fo i gyd dwi'n ca'l traffarth efo fo.' Roedd ei lygaid o'n rhew. 'Ond dwi'n 'i gymryd o am mai dyna mae O isio i fi neud. Felly mi ydw i'n 'i gymryd o, yn 'i goelio fo ar lefal y byd, a thrio peidio meddwl amdano fo ar lefal dydd-i-ddydd, chdi a fi, fi a Noi. Dyna pa mor bwysig ydi hi i ti wrando arna i, Siw, a chau allan bob dim ma Noi'n 'i ddeud.'

Darllenais yn ufudd – Deuteronomium 13. 'Os bydd dy frawd agosaf, neu dy fab, neu dy ferch, neu wraig dy fynwes, neu dy gyfaill mynwesol, yn ceisio dy ddenu'n llechwraidd a'th annog i fynd ac addoli duwiau estron nad wyt ti na'th hynafiaid wedi eu hadnabod, o blith duwiau'r cenhedloedd o'th amgylch, mewn un cwr o'r wlad neu'r llall, yn agos neu ymhell, paid â chydsynio ag ef, na gwrando arno. Paid â thosturio wrtho, na'i arbed, na'i gelu. Yn hytrach rhaid i ti ei ladd.'

'Ti'n gweld 'wan pam dwi'm isio chdi neud dim byd efo'r un o'r ddau?' holodd Pete pan godais fy mhen.

To'n i'n gweld dim byd 'blaw'r môr oedd rhyngthan ni, a'r clwydda fysa'n rhaid i mi 'u llunio er mwyn parhau 'nghyfeillgarwch â Dan a Noi.

Echnos. Llygaid Noi'n mynnu gwthio o 'mlaen i, a'u hymylon yn goch o chwydd.

'Ti'm yn *gweld*,' meddai'n chwyrn a gafael yn 'y mraich i, isio i mi ddallt heb iddi orfod deud. 'Mi oedd Dan mewn cariad hefo Pete a …'

A dyna lle stopiodd hi. Pam stopiodd hi? A be oedd hi isio a ddim isio'i ddeud?

'Ydi. Oedd!' Llenwais y saib. Ro'n i *yn* gweld. Wedi dallt rŵan os nad ers hydoedd. 'Wrth gwrs 'mod i'n gweld. Dyna be *oedd*. Dyna pam 'dan ni yma.' Ro'n i wedi cau pen Noi. Ro'n i yn gweld.

Neu o'n i? Yr 'a' yna. Be oedd Noi ar fin 'i ychwanegu ar ôl yr 'a'? Rŵan mae'r lleuen yn 'y mhen i'n crafu drwy'r asgwrn ac yn tyrchu i mewn fatha dyn yn chwilio am le i osod batri. Mi oedd Dan mewn cariad hefo Pete a… Dwi'n 'i chlywed hi yma yn 'y mhen.

A…

7
RUGBY

MANDY

Tasa Elen a Megan ddwy neu dair blynadd yn hŷn na saith, 'swn i'n medru deud yn iawn wrthyn nhw. Ma'n nhw'n ddigon hen i wybod be 'di siom. Dwi'n gwbod hynny. Ond ma rhaid 'u gwarchod nhw rhag y petha gwaetha, a beth bynnag, tydyn nhw'm yn llwgu. Rhyw fymryn bach yn galad ar hyn o bryd, ydi, ond ma gynnyn nhw Malcolm a fi, a tydan ni'm yn bwriadu mynd i nunlla ar chwara bach.

Saith oed o'n i pan a'th Mam a 'ngada'l i a Stiw, felly dwi'n gwbod 'i fod o'n oed ma plant yn medru teimlo siom. Siom go iawn, ddim siom rhywun yn cau prynu eis crîm ar ôl pnawn ar y traeth.

Rodd Stiw'n 'i chredu hi mai mynd i chwilio am Dad 'na'th hi, felly dyna gredish inna. Doedd gen i'm y syniad lleia pwy oedd y 'Dad' ma oedd o'n sôn amdano, a llai byth o syniad lle dôi Mam o hyd iddo fo, ond mi lyncish i'r hyn oedd Stiw'n 'i ddeud heb ada'l iddo fo gyffwrdd yr ochra, fel arfar.

Mi lwyddodd Stiw i ofalu amdanon ni ein dau am dair wythnos fendigedig. Nesh i'm ama'i allu o i neud hynny o gwbwl – mae o dair blynedd yn hŷn na fi. Pan laniodd yr SS, dyna pryd dechreuish i weld nad oedd hogia deg oed yn ca'l cadw tŷ a gofalu am 'u chwiorydd bach, a phwy bynnag oedd yn gosod y drefn, doedd gynnon ni'm dewis ond gneud fel roeddan nhw'n ddeud 'tha ni. Dyna pryd deimlish i siom.

Y cartra wedyn a'r ddynas bolyn lein 'na yn swyddfa'r SS, yn siarad yn danllyd efo warden y lle. To'n i'm yn gwbod mai mam Mam oedd hi nes i'r warden 'yn galw ni mewn ati a'r ddynas ddiarth, a'n cyflwyno ni.

Dal yn ôl nath Nain, deud helô parchus, a chamu nôl heb dynnu'i llygid oddi arnan ni. Fatha tasan ni'n berwi o chwain.

Welon ni fawr arni wedyn. Ro'n i'n gwbod bod parseli'n cyrradd gynni hi, yn llawn da-da a thegana a dillada; a wynab y ddynas ddiarth oedd yn 'y meddwl i wrth 'u hagor nhw. Stampia pellafion byd ar y papur brown. Ond roedd be oedd ynddyn nhw'n llawar mwy difyr na phwy anfonodd nhw.

Dwi'n dallt rŵan – neu'n gwbod os nad yn dallt – nad oedd Mam a Nain 'di gyrru mlaen ers blynydda, cyn geni Stiw a fi, a Nain 'di gneud bywyd newydd iddi'i hun, 'di ailbriodi i bres a thrio anghofio am fodolaeth Mam. Mi oedd hi'n mynd rownd y byd efo'r boi newydd, a'r peth dwytha oedd hi 'i angan na'i isio oedd ca'l 'i chlymu wrth 'i gorffennol ar ffurf Stiw a fi.

Tan rŵan. Mae hi'n eistedd gyferbyn â fi, yn llawar iawn byrrach na'r ddynas bolyn lein yn swyddfa'r warden, a'r teithia i bob cwr o'r byd efo'r priod presog yn ddim ond niwlan yn hofran drwy'i meddwl dryslyd.

SIW

'Be? *Rŵan?*' Mae Mand yn pwyso drosodd at yr hen wraig, sy wedi sythu yn ei sedd, ac yn ceisio codi'i hun. 'Stiw!'

'Paid â sbio arna i,' medd hwnnw a golwg bwdlyd ar 'i wyneb. 'Fedra *i* ddim mynd â hi i'r tŷ bach, na fedra.'

Mae Mand yn codi'n anfoddog ac yn dal dan fraich May'n ddigon diofal. Sytha May'n sigledig a chychwyn o'i sedd. Ma'r bwrdd yn gwasgu ar ei glin nes ei bod hi'n gwingo. Ebycha Mand wrth i'r ddwy neud eu ffordd yn sigledig tuag at y tŷ bach.

Dwi'n mynd i'w dilyn. Aros munud neu ddau rhag ennyn chwilfrydedd Stiw...

Munud neu ddau, fel oes...

Tydi hi ddim yn beth rhyfadd i finna fynd i'r tŷ bach hefyd. A deud y gwir, ma 'na ryw 'chydig o angen mynd arna i beth bynnag. Mi fedra i biso, fel tasa dim o'i le.

Ond *mae* rhwbath o'i le, a dydi hi ond yn iawn i mi rybuddio May, ceisio deud wrthi be sy'n digwydd ma, gneud yn siŵr mai hefo *fi* fydd hi'n dod oddi ar y trên, a hynny o'i gwirfodd. Ma'n hen bryd i mi neud rhwbath yn lle llechu'n fan hyn yn dyst tawel i'r anghyfiawnder sy ar fin digwydd i'r ddynas fach.

Dwi'n codi ac yn gwenu'n llydan ar Stiw.

'*Nature calls...*' Fatha tasa gynno fo'r mymryn lleia o ddiddordeb.

Sythu, ymestyn, teimlo'r cyhyra'n ailddechrau gweithio yn 'y nghoesa, a gwasgu allan heibio'r bwrdd tuag at y tŷ bach. Sut ar wyneb daear dwi'n mynd i neud hyn? Fydd hi'm i mewn yn hir, ac mae Mand eisoes yn galw arni drwy'r drws i weld ydi hi wedi gorffen. Wedyn,

112

mi fydd y ddwy'n mynd nôl i'w seddi. Cha i ddim cyfle i rybuddio May.

Dydi Mand ddim yn cael ateb ganddi. Mae hi'n cnocio ar y drws. 'Ydach chi 'di gorffen May?'

Gwelaf y rheg wrth iddi fethu â chael ateb. Ma'r hen wraig wedi cloi'r drws. Eiliad o ryddid rhag Stiw a hon. Mae Mand yn damio iddi adael iddi'i gloi cyn edrych arna i'n anobeithiol, a dwi'n gweld cyfle eto i droi'r drol. Medra i ddeud wrth Mand 'mod i'n gwbod am eu hen gynllun dieflig nhw. Mae 'ngheg i'n grimp a'r geiriau'n gwrthod dod.

Ysgydwa'r drws wrth i May ei ddatgloi, a daw allan. Gwên fawr, rhyddhad. Mae gwaelod 'i ffrog hi'n sownd yn ei phais a Mand yn ei thynnu'n rhydd yn ddiamynedd. Y fath olwg. Anela'r hen wraig yn ôl am ei sedd a Mand yn cychwyn ei dilyn. Rhy hwyr. Methiant, Siw. Ond ma'r rhyddhad o beidio â bod wedi ymyrryd yn drech na'r methiant yn y diwedd. Peidio busnesa, cyngor da bob amser. A dwi isio mynd i'r tŷ bach fy hunan pr'un bynnag.

Ond mae Mand yn ailfeddwl, ac yn dal braich yr hen wraig. Arhoswch fan'na – dwi isio mynd. Mae hi'n dal fy llygid am hanner eiliad – cadwa lygad arni – ac yn diflannu i mewn i giwbicl y tŷ bach. Wynebaf May a'i hen lygaid diferllyd. Dwi'n sefyll reit o'i blaen, lle gall weld fy wefusau'n glir os yw hynny o unrhyw gymorth iddi.

'Dach chi'n gwbod be sy o'ch blaen chi?' gofynnaf cyn i mi fedru brathu 'nhafod. Chlywith hi ddim.

'Be dach chi'n feddwl "be sy o mlaen i"?' Fflamia.

'Y nhw.' Amnaid at y drws lle mae Mand yn piso.

'Isio'ch pres chi ma'n nhw, 'chi.'

'Ia, siŵr,' medd May'n ddidaro, yn clywed pob dim yn sydyn reit. A tydw i'm yn mentro siarad yn uchel iawn rhag ofn i Mand glywed. Mae gofyn bod mor ofalus. Â hon yn clywed, pam na all hi *ddallt* beth dwi'n drio ddeud wrthi?

'Wnân nhw ddim byd ond 'ych cloi chi mewn stafall... a chymryd y pres am 'ych cadw chi. Fedrwch chi'm gadal iddyn nhw ga'l 'u bacha ar 'ych pres chi, ar 'ych cownts chi, ballu.' Yn ymwybodol iawn o ba mor wallgo mae hyn yn swnio, pwysaf fy mhen yn agos at 'i phen hi fel nad ydw i'n neud dim byd ond sibrwd yn uchel, rhag ofn. Mae hi i weld yn clywed, ond pam aflwydd mae hi'n dal i wenu? 'Dach chi *isio* ca'l 'ych cloi mewn stafall?'

'Dwi'n gwbod amdanyn nhw, 'ngenath i, yn well o lawar nag ydach *chi*.' Ma'r wên wedi diflannu.

'Wir, 'ŵan!' mynnaf, gan ddal i geisio'i chael i ddiosg ei ffydd ddiwyro yn ei nai neu ei nith neu beth bynnag ydyn nhw iddi a dewis bod yn rhydd. 'Dwi 'di clywad nhw'n siarad, pan oeddach chi'n cysgu.'

'Cwsg yn beth braf pan ddowch chi i'n oed i, 'mechan i.' Dydi hi ddim i'w gweld yn *dallt*. Neu ydi hi'n 'y ngwrthod i? Yn taflu'n ewyllys da yn ôl i fy wyneb i? 'Ma gin i syniad go lew be sy'n digwydd.'

'Ond tydyn nhw'm ffit i edrach ar 'ych ôl chi.' Pledio.

'O, ydan,' mae hi'n deud. 'Ma'n nhw'n berffaith ffit, a fi ofynnodd iddyn nhw neud. Pres 'di'r unig beth s'gin i ar ôl i'w gynnig iddyn nhw, a tydi holl bres y byd 'im yn ddigon, achos fedar o'm prynu'r amsar sy 'di mynd yn ôl i mi.'

A dyma Mand allan o'r ciwbicl i weld May'n chwerthin yn fy wyneb. Gafaela'n reit siarp dan gesail yr hen wraig, a'i harwain yn ôl at ei sedd.

Dwi'n cau drws y tŷ bach tu ôl i mi, yn falch o gwmni neb ond fi'n hunan. May wirion, yn agor ei breichiau led y pen a chofleidio'i chaethiwed, yn barod i gerdded i mewn i'w llofft yn y fflat a chau'r drws ar unrhyw rithyn o hunan-barch. Hurt bost. Hi neu fi?

MANDY

Be ddiawl oedd honna isio hefo hi? Deud dim am siwrne gyfan ac wedyn siarad hefo May y munud dwi tu ôl i ddrws y tŷ bach. Pam na gadwith hi 'i hen drwyn iddi hi'i hun? A 'swn i'n tyngu bod May'n siarad Cymraeg nôl efo hi'n ddwl reit, fatha tasa hi'n dallt Cymraeg.

Ella'i bod hi wedi'n dallt ni'n siarad. Ella iddi glywed Stiw'n sôn am y pres, a'r clo a bob dim. 'Sgyn hi'm syniad am y cloeon mae May wedi'u rhoi ar fywyda Stiw a fi.

Deirgwaith alwodd May i'n gweld yn y cartra. Sgyrsia digyfeiriad, neb yn deud dim am hannar yr ymweliada. To'dd gin Stiw ddim 'mynadd siarad efo hi o gwbwl, a to'dd hi'm isio bod yno. Fi fasa'n neud y siarad bob tro, am 'mod i'n rhy ifanc i fod isio gneud dim byd arall ond plesio a byw semblans o normalrwydd.

'Mond yn Llandudno, bedwar diwrnod yn ôl, y cesh i'r hanas am May 'i hunan mewn cartra, er pan oedd hi'n ddau ddiwrnod oed, nes oedd hi'n ddigon hen i ddianc. Nath hi ddim manylu, 'mond deud, fel tasa'r deud yn gneud iawn am bob dim, yn ddigon i gyfiawnhau'n gadal ni'n dau am naw mlynadd yn yr un math o garchar.

Ond dyna pam gwahoddodd hi Stiw i Landudno. A dyna pryd gwelodd Stiw 'i gyfla i fy helpu unwaith eto. Dwn i'm sut gafodd hi hyd i Stiw: rhaid bod un o'r nyrsys y cartra henoed, lle ma hi 'di bod yn pydru yn 'i phres, wedi helpu.

Rhyfadd pa mor oeraidd oedd hi hefo ni. Ella'i bod hi, yn llygad 'i lle, 'di dallt na fysa posib torri dim ar y wal a gododd hi'i hun rhyngon ni. Cynnig, fatha cynnig busnas, cynnig gadal 'i phres i ni am 'i thynnu hi allan o'r cartra a gofalu amdani yn 'yn cartrefi ni am yr ychydig amsar sy gynni hi ar ôl. Yn 'y nghartra i ta: 'sa bedsit Stiw ddim yn addas rhywsut.

Os ydi hi'n difaru neu isio i ni fadda iddi, ddangosodd hi ddim, a ma'n ddowt gin i ydi hi lawar o isio dod i nabod 'i theulu ar ôl oes hir o droi cefn.

Ar ôl byw 'i blynyddoedd cynnar yn yr un math o le, dymuniad ola May ydi peidio â marw mewn cartra.

'Sa'n well 'swn i 'di gwrthod.

SIW

Dwi'n hofran yn y tŷ bach yn ceisio penderfynu be i neud. Fedra i'm mynd nôl i fy sedd ac ista wrth ymyl May, fraich ym mraich gystal â bod, a chogio bach ein bod ni heb siarad: ma hi siŵr Dduw o ddeud *rhwbath*. Bydd y gath o'r cwd bron cyn i 'mhen-ôl i gyffwrdd y sedd.

Cachgi, Siw. Bysa Dan wedi gneud iddyn nhw ailystyried, neu'i heglu hi oddi ar y trên yn yr orsaf nesa. Ond nid Dan ydw i. *Pam*, Dan? (Mi oedd Dan mewn cariad efo Pete, a – be?)

Doedd dy grefydd di yn ddim byd mwy na mantell o gelwydd, er mwyn cuddio dy deimladau di at dy ffrind gora, yn glogyn cyfleus i ti gael bod yn ei gwmni fo gyhyd â phosib. Fath ag oedd hi i mi ar y cychwyn? Llwybr at galon Pete drwy'i ffydd o? Choelia i fawr, ar ôl dy weld di'n daer yn y capal; a'r gwewyr wrth i Pete fynnu dy fod di'n dewis.

Ma hi'n boeth ma yn y tŷ bach, a'n bryd i mi fynd yn ôl i fy sedd, unrhyw sedd. Ond fedra i neud dim ond ista. Ma'r rhif ffôn ar y drws o 'mlaen i'n sbio arna i, yn rhoi sialens – 'A' arall – a dwi'n cyfri'r dyddia eto yn fy mhen, fel nes i ddoe ac echdoe a'r diwrnod cynt. Ma'r brath o ofn ddoth drosta i dridia, bedwar diwrnod yn ôl wrth sylweddoli 'mod i'n hwyr wedi troi'n fwystfil. Chwerthaf. Fel tasa rhif ffôn yn medru cynnig gwaredigaeth i *mi*! Meddyliaf eto am y driniaeth a allai neud rhif ffôn yn waredigaeth, ac wrth feddwl am y driniaeth, mae triniaeth arall yn mynnu gwthio i mewn i 'mhen.'A...'

A *rŵan* ma'r posibilrwydd yn llifo drosta i fel haint, y sylweddoliad go iawn, rŵan a'r 'A' arall 'na o 'mlaen i. Ma 'meddwl i wedi bod mor llawn o betha erill. (Mae hi'n rhy fuan i banic, Siw!) Dwi'n teimlo fel chwydu, yn boeth drosta i, ac wedyn ma'r teimlad yn cilio, gan adael 'mond ofn yn cnoi twll tu mewn i mi. Be os, be os oes darn o Pete yn tyfu tu mewn i mi rŵan hyn, wrthi'n bwrw gwraidd yno' fi, yn fy mherchnogi, a finna ddim yn agos barod? Rhif ffôn y clinic erthylu ar ddrws y tŷ bach yn fy herio, a dwi'n ceisio ysu'r gwaed allan, bron na 'swn i'n tyrchu tu mewn i'w gael o i redag. Cofio Noi'n crio yn stafall y doctor – fyswn i'n crio? *Fydda* i'n crio? Tridia, bedwar diwrnod yn hwyr, llawar rhy fuan i banic. Ella mai 'nghorff i sy wedi cyffio, neu ella mai ymateb i'r deuddydd ola ma mae o, stopio gweithio, sioc yn tarfu ar lif naturiol 'y ngwaed i, ac mi ddaw eto i redag, mi ddof eto'n ôl yn fi heb ddim yn gwreiddio yno' i; fedra i'm dirnad babi!

Fedra i'm meddwl heibio i'r 'a' arall 'na; sut mae mynd yn ôl? Cyhuddiadau Noi ydyn nhw, nid ffaith, dim mwy na chyhuddiadau. Ffydd Noi yn ei honiadau ei hun, gan yr un sy'n gosod ffaith dros ffydd o hyd. Dal dy dir, Siw, dal dy ŵr, dal dy blant, clywad sgrech babi a medru'i gysuro, a brechia Pete amdanon ni'n dau, ein dwy, breichia Pete a chariad Duw amdanon ni'n deulu perffaith, parod neu beidio.

Sythaf. Agoraf y drws sy â'r rhif ffôn arno a cherdded at fy sedd. Hofran am eiliad, a'r trên yn gneud i mi wegian. Ma'r hen wraig yn lledwenu arna i, fel tasa hi'n fy herio i gymryd fy sedd yn ei hymyl hi. Stiw'n dal i edrych allan drwy'r ffenast ar y porfeydd brasach, a Mand yn sbio ar borfeydd brasach bywydau'r sêr yn y papur newydd. Mae May'n ymdrechu i godi i neud lle i mi basio, gan neud y penderfyniad drosof. Gafaelaf ynddi i'w sadio wrth iddi symud allan er mwyn gadael i mi basio. Sylwaf ar Mand yn ebychu – hon eto? A digonedd o seddi gwag yn y cerbyd. Gwthio heibio i'r hen wraig yn ofalus at 'y nghornel. Eistedd. Troi tuag at y ffenast a cheisio peidio sbio arnyn nhw.

MANDY

Hon eto'n mynnu ista efo ni. May'n gwenu arni'n hurt.

Dyliwn fod 'di deud rhwbath yn Llandudno, deud wrth Stiw na fedar llwyth o bres brynu hapusrwydd. Be os bydd

May'n byw nes bod hi'n gant? Dydi o'm yn amhosib, faint bynnag o bils ma hi'n gaeth iddyn nhw. Mi fydda i 'di hen fynd i 'medd o orfod slafio drosti, tendio'i hanghenion stumog, toiled a gwely. Fedra i'm wynebu pedair blynedd ar ddeg o hynny, dim bwys faint gwell yn ariannol fydd hi arna i a Malcolm a'r genod.

Dydi Stiw ddim isio'r pres. I fi mae o, medda fo. Ond wna i'm gadal i hynny ddigwydd. Fo 'di'r un sy 'di aros efo fi drwy'r cwbwl, fo 'di'r un sy'n 'y nhynnu i allan o'r gachfa ariannol lanion ni'n 'i chanol wrth i Malcolm golli'r siop.

Be haru ni'n cynnig lojings i hon? Hon wirion a'i hen awydd gwirionach i ddianc rhag 'i gorffennol? Mi gâi lawar gwell byd yn y cartra henoed yn Llandudno na be geith hi efo fi. 'Mond gobeithio bydd hi farw cyn diwadd y flwyddyn.

Fedra i'm madda iddi am droi'i chefn. Ma Stiw 'di trio egluro bod yn rhaid i ni ada'l be ddigwyddodd tu ôl i ni a derbyn mai hen ddynas ydi hi rŵan, hen ddynas yn gofyn am ofal, ac yn fodlon talu'n hael amdano fo. Mi ddudodd Stiw mai'r pres neith brynu fy rhyddid i mi rhag cysgod y cartra.

Os 'di'r pres yn mynd i brynu'n rhyddid i, mi geith brynu'i ryddid o hefyd.

Fedra i'm madda. Ond fedra i'm madda i'r pres chwaith.

SIW

'Gwydion,' meddai Dan yn orfoleddus, wrth gyflwyno'r dieithryn a ledorweddai ar ei soffa pan laniodd Noi a fi (a Llion) yn ei fflat o ryw bythefnos yn ôl. Roedd yr hwn a elwid Gwydion yn brysur efo'r teclyn teledu, yn how-wylio dwy sianel ar yr un pryd. Mynnodd Dan blannu cusan ar dalcen y llanc stydiog i gadarnhau'r cyflwyniad, marcio'i diriogaeth. Teimlwn yn annifyr. Gwyddwn o'r gorau y byddai'n rhaid i Dan ddod o hyd i gariad yn hwyr neu'n hwyrach – doedd neb yn dewis wynebu'i rywioldeb, troi'i gefn ar bob dim oedd wedi'i gynnal drwy fywyd hyd hynny a cholli cyfeillgarwch ei ffrind gora, a'i gapal, heb neud dim i ffurfioli'r dewis. A deud y gwir, roedd Noi a fi wedi bod yn ei hwrjo i chwilio am bartnar, mwynhau'i hun a cheisio'i lwc gyda hwn neu'r llall ers peth amsar, er mai rwdlan oedd llawer ohono, rhyw ffordd o leisio cefnogaeth i'w ddewis.

Ond roedd cyfarfod â Gwydion mor ddisymwth, a sylweddoli ar yr un pryd fod y drindod, i bob golwg, ar ben, yn gneud i ni deimlo'n lletchwith. Rhywun arall i rannu Dan, rhywun arall i yfed o win 'i gwmni fo, llai i ni'n dwy.

'Ma'n well gin y Dewin fi na holl stiwdants Bangor!' Hyn yng nghlyw Gwydion. Hwnnw'n gwenu'n llydan, wedi'i rwydo gan hud Dan. Yna'n codi i ddod draw at Dan a phlannu cusan lawn ar ei wefusa.

'Rong, mêt.' Siom ar wyneb Dan, Gwydion yn cusannu'i amrant. 'Gwell na holl stiwdants y *byd*.'

Noi'n gwenu'n ddihid, finna'n trio 'ngora i neud yr un peth, heb wybod ai sbio, neu beidio, ar y snog hir wedyn. Doedd Llion ddim i'w weld yn sylwi ar Dan yn torri'n rhydd.

'Well i ni stopio, Gwyds... yli, ma'r ddwy'n goch at 'u clustia.' Dan wrth ei fodd.

'*Could you open the window?*' Mae Mandy'n sbio i 'nghyfeiriad.

Codi i neud, a gweld fod May'n chwerthin, ac yn siarad efo Mandy.

'... gwastraffu dy Susnag. Ma hi'n siarad Cymraeg fatha chdi a fi!'

Ydw i fod i ddeud rhwbath? Mae Stiw'n sbio rŵan hefyd, a chwilfrydedd yn gerwino'i wyneb fwyfwy. Ym mha iaith mae ateb...? Mae May'n sbio'n eiddgar ddisgwylgar arna i, yn mwynhau pob eiliad, a gwên fach wirion ar ei hwyneb. Stiw a Mand yn aros.

'Yndw siŵr,' meddwn i'n y diwedd. Mae Stiw a Mand yn sbio ar ei gilydd mewn syndod, gan grafangu yn eu meddyliau am holl ddeialog y bore i'w dadansoddi a'i thynnu'n gareiau mewn ymgais i ddarganfod faint dwi wedi'i glywed – heb fod ag unrhyw syniad gymint dwi wedi'i ddarllen yn nrych y ffenast. Mae golwg betrus, anniddig yn gwawrio ar wynebau'r ddau wrth i mi ista ar ôl agor y ffenast, a'r hen wraig yn dal i wenu, â'i gafael yn dynn ar ei goruchafiaeth.

'Pam uffar na 'sa chdi 'di deud?' Stiw'n ceisio adennill ei oruchafiaeth o. Cotsyn.

Dwi'n codi fy 'sgwydda a cheisio ymddangos mor anystyriol o ddidaro ag y medra i. *See no evil, hear no evil.* Mae May'n dal i wenu'n llydan arna i. Trof oddi wrthyn nhw. Fedra i'm deud 'mod i'n poeni'r un iot am yr un o'r tri rhagor.

MANDY

Mi ddangosodd hi'r trefniada talu wthnosol o'i banc a'r ewyllys i ni. Stiw ofynnodd, a hitha'n hollol barod i ni weld. Prawf o'r contract rhyngthan ni. Prawf o'r pres. Gesh i weld hefo'n llygid i 'yn hun fod y jadan yn rhowlio yn'o fo.

Cychwyn newydd i Malcolm a fi a'r genod. Cyfle i brynu lle i ni'n hunun, yn lle crafu rhent i'w luchio at landlord na welish i rioed mo'no fo, 'mond 'i enw fo ar lythyra'r cyfreithiwr.

Cychwyn newydd, mewn cartra newydd. Dwi 'di bod awydd symud o Lundain ers tro – breuddwyd ofer – a chreu bywyd newydd i Elen a Megan yn rhwla arall, rhwla mwy gwledig. Er gwaetha'r cartra plant, mae tynfa at Gymru. Mynd yn ôl at be ydw i. Creu cychwyn gwell i Elen a Megan ar 'y nhwmpath 'yn hun.

Ma Malcolm yn teimlo'r un fath. Mi ddudodd o wrtha i ar y ffôn neithiwr y bysa dod nôl i Gymru'n braf – rhwla'n bell o lle roedd y cartra, meddwn i; ia, medda Malcolm, yn bellach i'r gorllewin, rochor arall i Eryri, am Fangor ella, neu Lŷn...

Mi geith y genod ddysgu Cymraeg. Buan iawn down nhw, a finna'n medru. Fedar Stiw a fi ddim siarad dim ond Cymraeg hefo'n gilydd am mai dyna oedd 'yn ffordd ni o fod yn wahanol. Iaith Stiw a fi ydi hi. Ella mai dyna pam nesh i'm siarad Cymraeg hefo Elen a Megan. Ddim bysa hi 'di bod yn hawdd yn yr East End. Weithia, ma'n gas gin i Saeson – 'blaw Malcolm wrth gwrs (Cymry 'di'r genod) – am ddim rheswm gwell na'u bod nhw'm yn medru siarad Cymraeg.

Bwthyn bach yng ngorllewin Cymru, a digon o bres i fyw heb orfod poeni. Elen a Megan yn Elen a Megan, *ddim El-yn a Meg-yn fel maen nhw rŵan. Ella 'sa'n bosib perswadio Stiw i ddod hefo ni.*

Rhaid i ti neud dy ffordd dy hun drwy'r byd ma, hogan – 'sna'm bygyr-ôl i hongian wrtho fo 'blaw rhaff.

SIW

Sioc o'i weld o yno yn y côr blaen ddydd Sul dwytha (neu ddydd Sul cyn dwytha os mai ddoe ydi dydd Sul dwytha bellach: toedd o'm yno ddoe, toedd o 'nunlla ddoe), a wynab Pete yn mynegi'r un syndod wrth iddo ista efo fo a finna'n anelu am y cefn. Sioc, a finna 'di'i weld o'r diwrnod cynt efo Gwydion, er nad oedd Pete ddim callach am hynny, ac roedd o mor normal y diwrnod cynt, mor wirion, mor Dan, a dyma lle roedd o rŵan yn hannar be oedd o, yn fach yn 'i weddi, yn gysgod crebachlyd ohono fo'i hun. Mi gododd 'i ben wrth i Pete ista efo fo, ond ddoth 'na'm gwên, nôl â fo at ei weddi, a ma'n rhaid bod Pete wedi sylweddoli rhwbath achos nath o'm deud gair wrtho fo, 'mond gadal iddo fo siarad efo'r un oedd yn mynd i'w wella fo, am wn i, a welish i'm llawar o'r bregath achos do'n i'm yn gallu tynnu'n llygid oddi ar gefn crwm Dan yn ei weddi drwyddi, drwy'r bregath, yn methu codi'i ben i sbio ar y boi oedd yn pregethu

ac wedyn, pan ddoth Julie â phaneidia i bawb ar ôl gorffan –'swn i 'di medru slapio'r wên siwgraidd 'na odd' ar 'i hen wep llawen hyll hi – mi ddaliodd Dan ati a'i ben yn 'i ddulo i siarad yn dawel efo'r un oedd wedi gneud iddo fo deimlo mor ofnadwy, y bastad brwnt, sy ddim yn bod i Noi na finna chwaith ar ôl echnos, tan i Pete roi'i fraich amdano a'i droi o at y cylch bach o tua hannar dwsin oedd yn dal ar ôl efo'u paneidia a'u gwenau'n y tu blaen, ac wedyn mi drodd Pete reit rownd ata i a chodi'i aelia uwch ei wên i 'ngwahodd i hefyd lawr atyn nhw, a finna'n codi fatha peiriant, fatha'r peiriant oedd wedi bod yn mynd â fi i capal ac wedi 'nghynnal i ers diwrnod y rali, a mynd lawr atyn nhw i'r tu blaen

ac mi roddodd Pete ei law dan ên Dan i neud iddo fo godi'i ben i'n cydnabod ni i gyd ac mi welish i'r dagrau'n stremps 'di sychu'n llinellau o'i lygid o lawr at ei wddw fo, rhoi'i law dan 'i ên o fatha Iesugristbach, a phawb yn y cylch 'blaw fi'n gwenu ar Dan, yn gwenu siwgwr i fynd efo'r te arno fo, ac wedyn mi afaelodd Julie'n nulo Rob a Rob yn gafal yn nulo Simon a Simon yn nulo Gareth a Gareth yn nulo Bethan a Bethan yn nulo Dan a Dan yn nulo Pete a Pete yn 'y nulo i a

'Dduw tosturiol...' dechreuodd Pete ond fedrwn i'm sbio arno fo 'mond sbio ar Dan yn dechra crio eto fatha babi mawr pinc

'Bwrw allan...' darllenais ar wefusa Rob oedd ddim yn gwenu dim mwy, 'di cau'i lygid a gostwng 'i ben, fatha Julie – a Bethan a Gareth a Simon a Pete â'u penna nhw wedi'u hestyn nôl dros 'u 'sgwydda fatha cywion brain yn disgwyl eu bwydo gin 'u mama, a Dan oedd yr unig un â'i lygid ar agor yn sbio arna i, os oedd o'n gweld rwbath, a droish inna 'mhen rhag goro sbio arno fo, achos to'n i'm isio'i weld o felma, o'n i isio fo fathag oedd o ddoe yn iach, yn Dan fathag oedd o fod cyn i rhain ga'l 'u crafanga arno fo

ond nesh i'm symud, nesh i'm cerad allan fatha 'swn i'n neud rŵan hyn, achos o'dd Pete yn gafal yn 'yn llaw i'n dynn a *fedrwn* i ddim, *fedrwn* i ddim cerad allan arno fo, achos dyna fysa fo, cerad allan ar Pete

am hydoedd a rhei o'r lleill wedyn yn crio fatha rhyw betha mewn ffilm sâl ac yn gafa'l yn Dan fatha tasa'u bywyda nhw'n dibynnu ar 'i halio fo o'i bechod, a finna'n ista 'no fatha delw'n clywad dim, yn dallt llai ac yn gweld popeth o'n i'm isio'i weld a Dan yn gysgod er bod o 'di stopio crio a 'di dechra gwenu'r siwgwr nôl ar y lleill.

A'th Julie-a-Rob-bobol-fatha-chwd â fi adra, tra bod Pete yn mynd â Dan nôl i'w fflat a chaeais y drws arnyn nhw fatha peiriant yn lle'u gwa'dd nhw mewn.

PETE

'Run noson ag yr awgrymodd Siw mai Duw Arthur Guinness oedd 'y Nuw i. Nôl ar y cychwyn. Noson feddw. Noson ffiaidd, 'sa'n rheitiach o lawar i mi ei difa o 'mhen, er fy lles i a phawb. Dan yn disgyn fel sach datws ar ei wely a finna'n penlinio wrth ei ochr o i weld oedd o'n dal efo fi.

'Pete, Pete, Pete,' ailadrodda'n gariadus feddw.

Ceisio'i osod o'n gyffyrddus, ddiogel-rhag-tagu-ar-'i-chwd ar ei wely dwi, ac mae o'n fy nghusanu i. Dydw i ddim yn 'i rwystro fo fatha rhwystrais i'r gafael dwylo ar y traeth yn Llanfairfechan. Gadael iddo fo fwytho 'ngwallt i a rhedag 'i fysadd dros fy 'sgwydda ac ar hyd asgwrn 'y nghefn, gadael iddo dyrchu dan 'y nghrys a'i fysadd yn trydanu 'nghroen, gadael iddo agor botyma, gadael iddo dylino 'nghlun, ac yna'r llall, a gwthio'i ddulo i mewn i fy jîns a finna mewn niwl cynnes sidan braf tu mewn a thu allan. Dwi'n caru efo fo.

Caru? Pa air sy hyllach? Dyrnu, ffwcio, dobio, cnychu. Alcohol! Y diafol efo fi! Y diafol *ynof* i!

Ac wedyn, dwi'n codi a'i adael o i gysgu, ac ma'r diafol yn dod allan o'i stafell o efo fi, ynof fi, a finna'n meddwl 'mod i'n cau'r drws ar y ddau.

Cau'r drws. Cau'r cyfan allan. Cau'r cyfan i mewn. Cadwodd Dan y gyfrinach. Ro'n i'n gwbod y gwnâi. Cedwais i'r gyfrinach. Cedwais i hi rhag Siw. A 'mond Siw allai neud iawn amdani. Hi *ydi*'r iawn amdani. Ddaw neb i wybod, a Dan wedi mynd, neb ond Un, a gwnaf iawn, drwy Siw, gwnaf iawn.

Dan oedd 'y mhechod i.

8
MILTON KEYNES

SIW

Echdoe...

Roedd Mam a fi wedi cyrraedd adra ar ôl bod yn siopa ac, am unwaith, roedd hi'n cadw'n ddistaw. Bu Pete yn ymlafnio dros Lasagne tra buon ni'n dwy yn y dre, ac roedd ei ogla'n ein croesawu o'r popty yr eiliad y cerddon ni i mewn. Gwenais arno mewn ymgais fach, ma'n siŵr, i roi gwbod iddo 'mod i wedi llwyddo i gau ceg Mam ynglŷn â'r driniaeth. Dwn i'm pam y teimlwn mor hyderus bod y storm wedi gostegu, a Mam o'r diwedd ar ein hochor ni, ond roedd ei thawelwch ar y ffordd o'r dre'n fy atgoffa o'r derbyn fu'n rhaid iddi neud yn y diwedd pan ddudish i wrthi 'mod i am 'i gadael hi am y Brifysgol ym Mangor.

'Dwi'n mynd fyny am 'chydig,' meddai Mam gan ollwng y bagiau Boots a Woolworths wrth waelod y grisiau. Napan bach cyn amser te.

'Chymi di'm panad gynta?' arwyddais arni.

Ysgwyd pen – na wnâi – ac i fyny â hi. Es i i'r gegin i helpu Pete i osod y bwrdd a deud wrtho 'mod i'n credu 'i bod hi wedi derbyn ei ddadleuon o o'r diwedd. Gafaelodd Pete yn dynn amdana i.

'Mi fyddi di'n fam berffaith.'

'Dan ni 'di bod yn trio ers blwyddyn bron a 'sna'm byd 'di digwydd eto,' meddwn i, gan guddio 'niolchgarwch. Er nad ydi o 'di gofyn, mae o 'di cymyd y bydda i isio rhoi'r gorau i fy swydd os daw plant, er mai cyflog pitw mae o'n ga'l am bregethu fa'ma fan'cw. Dydi o rioed wedi gofyn os *dwi isho* plant chwaith, tai'n dod i hynny. Dwi'n cofio Noi, cyn i ni briodi, yn gofyn pa liw bwrca o'n i am ei wisgo ar y diwrnod mawr. Pam meddwl am hynny rŵan?

Ro'n i wedi gorffen 'y mhanad, a'r bwrdd wedi'i osod yn ddel i dri pan ddoth Mam lawr y grisiau'n cario'i bagia.

'Lle ti'n mynd?' gofynnais mewn syndod. Doedd hi ddim yn digwydd bod yn sbio i 'nghyfeiriad i. Codais a rhuthro draw rhyngthi a'r drws iddi fedru darllen fy arwyddion. 'Lle ti'n mynd?!'

'Adra 'de,' meddai.

'Rŵan? W't ti'n aros tan fory medda chdi.'

'Ddim rŵan.' Ceisiai wthio heibio i mi at y drws.

'Pete!' gwaeddais. Doth hwnnw o'r gegin a dallt yn syth.

'Nesta…' Ond doedd Mam ddim yn sbio arno. Roedd ei sylw hi wedi'i hoelio ar y drws.

'Dwi'n mynd adra, Siwan. 'Sna'm croeso i fi hefo chdi rhagor, a fydd 'na'm croeso yma eto chwaith. Dduda i ta-ta rŵan, os nag oes otsh gin ti.'

Otsh? Wrth gwrs bo otsh gin i, yr het wirion.

'Mam…'

'Yli,' torrodd ar 'y nhraws. 'Mi w't ti wedi gneud dy

wely hefo fo. Cysga ynddo fo, gna di be w't ti isio. Ond paid â disgw'l i fi fod 'na pan fydd pob dim wedi newid i chdi, pan fyddi di'n methu byw hefo be w't ti'n mynd i neud.'

'Yli, Mam… ty'd hefo fi i Lundain. Ty'd i weld be 'di be… ella medran nhw neud rhwbath i chdi hefyd.' Pledio. Edrychais ar Pete tu ôl iddi ond nath o'm byd ond codi'i 'sgwydda'n flinedig. Roedd o'n nabod Mam bron cystal â fi bellach ac yn gwbod yn iawn nad oedd troi arni unwaith roedd hi wedi gneud 'i phenderfyniad.

'Mi ddaw at 'i choed,' meddai Pete tu ôl i'w chefn hi. 'Gad iddi fynd… unwaith cei di'r driniaeth, fydd hi'n iawn, gei di weld.'

'Ty'd i Lundain, Mam,' arwyddais iddi. Ond gwthiodd hi 'nwylo i o'r ffordd ac agor y drws. Es ar ei hôl a chael cryn dipyn o drafferth i'w phasio er mwyn siarad â hi.

'Sut ei di adra? Sna'm bys.'

'Trên, 'de.'

'Eith Pete â ti i stesion, 'ta.' Ildio. Gorfod ildio.

'Fydda i yno erbyn troith o'r car rownd.' A cherdded yn ei blaen yn bwrpasol i gyfeiriad yr orsaf. Daeth Pete ata i a rhoi'i fraich amdana i i 'nhywys i nôl i'r fflat.

Dyna pryd y daeth Noi i'r golwg rownd y gongl. Daeth wyneb yn wyneb â Mam wrth gerddad tuag aton ni. Gwenodd wên sydyn o gyfarchiad wrth ei nabod, er na chafodd dderbyniad dwi'n siŵr, achos cymylodd wyneb Noi'n syth ac edrychodd yn gwestiyngar arna i. Nesh i'm egluro. Roedd ymddangosiad Noi ynddo'i hun eisoes yn codi cwestiyna yn 'y meddwl i. Teimlwn Pete yn sythu'n llawn tensiwn wrth fy ymyl.

'Be t'isio?' gofynnodd iddi.

'Ddim o dy fusnas di,' atebodd Noi'n swta cyn troi ata i. Ildiodd Pete a chaeodd y drws y tu cefn iddi. 'Dwi'n methu ffendio Dan. Dwi 'di bod yn y fflat ond ma'r drws ar glo a 'sna'm golwg o'no fo.'

'Efo'r Dewin mae o, ma'n siŵr,' meddwn i braidd yn ddiamynedd. Teimlwn Pete yn sbio arna i, a finna'n ymwybodol iawn 'y mod i'n datgelu 'mrad o fod yn dal mewn cysylltiad â Noi a Dan, ac yn ymwybodol hefyd ei fod o ar y tu allan, yn dyst estron i'r wybodaeth ddiarth ma oedd yn cael ei chyfleu rhwng Noi a fi. Ro'n i'n gwbod o'r cychwyn wrth gwrs na allai petha barhau – y cogio shifftiau ychwanegol yn y llyfrgell, y gwylio rhag llygid capal wrth gerdded strydoedd Bangor, y golygu yn 'y mhen wrth siarad â Pete rhag deud dim byd a ddangosai 'mod i 'di bod yn eu cwmni.

'Esh i draw at Gwydion... ond tydan nhw'm hefo'i gilydd ddim mwy. Dan 'di deud wrtho fo'i fod o isio amsar i feddwl.'

Aeth brath o euogrwydd arall drwddo fi wrth feddwl nad o'n i wedi gneud ymdrech i fynd i weld Dan ar ôl y capal dydd Sul dwytha. 'Lle ma Llion gin ti?'

'Hefo Carwyn ers dydd Mawrth. Yli, welish i Dan neithiwr. Toedd o ddim yn fo'i hun.'

'Be w't ti'n feddwl, ddim yn fo'i hun?' Doedd effaith y ddos o weddïa gafodd o gynnyn nhw ddydd Sul ddim wedi para'n hir iawn 'lly.

'Isal.' Ymdrechai Noi i ddod o hyd i'r disgrifiad cywir. 'Gwrthod siarad am ddim byd, a welish i rioed mono fo mor ddistaw.'

Fedrwn i'm atal fy hun rhag taflu cipolwg ar Pete.

Dim ymateb, ond gwyddwn ei fod o'n berwi tu mewn.

'W't ti'n gwbod dy hun fel mae o. 'I fod o'n dal i boeni am betha braidd.' Ymdrechais i neud y peth yn llai nag oedd o.

'Yndw. Ty'd i chwilio amdano fo hefo fi. Fedran ni godi'i galon o. Ty'd o 'na, Siw. Tydi pnawn Sadwrn ddim yn bnawn Sadwrn heb y tri ohonan ni.'

Gwyddai Noi'n iawn be oedd hi'n ddeud. Siarad hefo fi er mwyn rhoi slap i Pete.

'Dwn i'm.' Edrychais ar Pete, a darllen y siom yn ei lygid o. Ddudodd o'm byd, 'mond troi am y grisia. 'Sa'n well i mi beidio. Tydi petha'm yn dda: a'th Mam adra, y driniath a phetha,' ymdrechais i egluro.

'Pryd ti'n mynd i ddysgu penderfynu drosta chdi dy hun?' holodd Noi'n siarp, gan 'y mrifo i i'r byw. Mi oedd hi, er mwyn dechra sefyll ar 'i thraed 'i hun, wedi gorfod sefyll ar draed pobol eraill – Carwyn, ei mam-yng-nghyfraith, ei rhieni, Llion – ceisio *osgoi* brifo o'n i. 'Sbosib bod hynny'n bechod. 'Di o'm bwys,' meddai hi wedyn. 'Os nag o's otsh gin ti am Dan, 'sna'm unrhyw bwrpas i chdi ddŵad hefo fi i chwilio amdano fo.'

Ac allan â hi. Anadlais yn ddwfn a mynd i'r gegin i neud panad i mi fy hun. Doedd gen i'm awydd wynebu Pete. Gwell iddo gael cyfle i feddwl ar ei ben ei hun am 'chydig. Rhoi cyfle iddo feirioli. Mi steddais ar y soffa i yfed y coffi a 'meddwl i ar chwâl. Edrychais drwy'r papur i weld be oedd ar y teledu, unrhyw beth i ddwyn fy sylw, i neud i'r hen deimlad cnotiog ym mhwll 'yn stumog i ddiflannu.

PETE

Be haru hi'n celu petha oddi wrtha i fel taswn i'n deyrn ar 'i bywyd hi, a finna'n neud pob dim o fewn 'y ngallu i'w rhyddhau hi? Pa ddyfodol sy 'na i ni os nad oes 'na onestrwydd?

Wnaiff dim a ddigwyddodd wedyn echnos ddileu'r teimlad o frad. Es i'r stydi rhag gorfod 'i hwynebu hi.

Trof fotwm y radio a'i ddiffodd yn yr un symudiad. Fedra i'm godda 'nghwmni'n hun.

Dewisodd Dan 'i lwybr o a dewisais i fy un i. Ro'n i wedi cadw ato a Dan wedi methu, a dyma Siw 'i hun wedi 'mradychu i drwy'i ddilyn o'n lle 'nilyn i.

Ella dyliwn i fod wedi deud y cyfan wrthi o'r cychwyn cynta un. Ella dyliwn i rŵan, yn Llundain, ddeud y cwbwl, y gwir i gyd a gweld lle cawn ni fynd o fan'no.

Neu ella 'sa'n well peidio deud dim.

SIW

Roedd Pete yn y stydi, yn darllan ryw lyfr ar Greadaeth – neu o leiaf, dyna oedd ganddo o'i flaen. Gwyddwn o'r gorau y basa waeth i'r llyfr fod ben i waered gymaint oedd Pete yn ei ddarllan go iawn.

'Pete...' dechreuais, a'r erfyniad am gyfle i esbonio yn drwm yn fy llais, gobeithiwn.

Ond doedd Pete ddim isio clywed. Caeodd y llyfr yn glep a'i luchio i ganol pentwr anniben o rai eraill gan godi ac anelu allan o'r stafell. Dilynais o i lawr y grisiau, gan bledio arno i wrando. Dyna pryd canodd y ffôn, ma'n rhaid, gan i Pete ei dynnu o'i boced a'i ateb.

'Helô? Ia?'

Es i i ista, gan geisio rhoi trefn ar 'y nadleuon. Pa hawl oedd ganddo fo i ddeud pwy 'sa hi'n weddus i mi barhau'n ffrindia efo nhw a phwy i beidio? Gorffennodd ar y ffôn yn sydyn.

'Pwy oedd 'na?' gofynnais, yn methu dallt pam roedd hi'n sgwrs mor fer.

'Mam,' meddai Pete i 'nghyfeiriad ond heb edrych arna i. 'Yn ein gwadd ni i ginio fory.'

'To'dd gynni hi'm llawar i ddeud,' meddwn.

'Ddudish i wrthi'n bod ni ar fin mynd allan. To'n i'm isio siarad.'

Ond roedd yr alwad ffôn wedi creu dargyfeiriad – ac roedd Pete *yn* siarad hefo fi, heb wrthod fy ateb pan ofynnais pwy oedd 'na. Rhaid ei fod o'n meirioli.

'O, Pete!' Rhuthrais ato a gafael amdano, ond roedd ei gorff yn stiff fel procer.

'Ma gin i lyfr isio'i orffan,' meddai wrtha i gan ddatglymu'i hun o 'mreichiau.

PETE

Rhwng bod 'i lais o'n crynu a'i dafod o'n dew, roedd hi'n hawdd clywed 'i fod o 'di'i cholli hi – roedd o'n feddw, ac yn crio fatha babi. Isio siarad. Isio i fi ddallt.

Nesh i'm oedi rhag deud 'i bod hi'n rhy hwyr i siarad, am fod 'i frad o a Noi a Siw'n cnoi 'nhu mewn i a'r peth dwytha o'n i isio neud oedd siarad am 'i broblema fo dros y ffôn, nag yn nunlla arall – nid am fod anhawster cuddio sgwrs ffôn rhag Siw, cuddio fatha nath hi efo fi – ond am fod bob dim wedi ca'l 'i ddeud. To'n i'm am ailsgwennu'r Beibl er mwyn neud i Dan deimlo'n well, o'n i? 'I le fo oedd dewis, a gin 'i fod o, i bob golwg, *wedi* dewis yn derfynol, be oedd ar ôl i'w drafod? Roedd o 'di bod acw yn y bora, 'di deud, unwaith *eto* 'i fod o'm yn gallu newid. Rhy hwyr tro ma, Dan.

SIW

O fewn awran, ro'n i wedi cael llond bol ar dawedogrwydd Pete. Roedd o'n gwbod am y pnawniau Sadwrn yng nghwmni Dan a Noi. Doedd 'na'm byd i'w guddio bellach. Ddudish i wrtho fo 'mod i'n mynd allan a gwisgais 'y nghôt. Am unwaith, ofynnodd o ddim i lle ro'n i'n mynd. Ddudodd o 'run gair.

Roedd hi'n wyntog ar y stryd fawr echnos, ac yn bwrw glaw mân. Cadwai hynny'r rhan fwya o bobol yn eu tai neu yn y tafarna. Pasiodd criw o genod ifanc fi mewn hancesi o sgertia welwch-chi-fi wrth i mi basio'r siop jips, a llanwyd fy ffroena ag ogla saim. Ochrgamais i osgoi eu swae hanner meddw braich-ym-mraich.

Eisteddai Noi ar ris ucha'r grisia wrth ddrws fflat Dan. Pan welodd hi fi, mi ddoth 'na rywfaint o ryddhad i'w hwyneb.

'Lle fedra fo fod os na 'di o i mewn 'na? Ond ma'n cau atab ffôn, cau agor drws. Dwi 'di sbio ym mhob tafarn yn y dre ma, lle Gwydion... bobman.'

Ddudodd Noi wrtha i 'i bod hi wedi galw'r heddlu, ond nad oeddan nhw fawr o isio gwbod.

'Oedd o yn capal dydd Sul,' meddwn i wrthi. 'Mewn cythral o stad. Ond oedd o i weld yn well yn mynd o 'no.'

'Wel oedd o hefo Gwydion nos Iau,' meddai Noi. ''Na

pryd orffennon nhw. Er, ma'n nhw 'di bod yn gorffan ac yn ailddechra efo'i gilydd cymint, ma'n anodd gwbod.'

Curais ar y drws, a galw arno, gan obeithio y bysa clywed fy llais i efo llais Noi'n ddigon i neud iddo agor i ni.

'Mi fydd rhaid i ni dorri'r clo,' meddai Noi 'mhen tipyn.

'Ti'n gall?'

"Sgin ti syniad gwell?' Tynnodd horwth o siswrn cegin o'i bag.

Aeth ati i drywanu'r pren o gwmpas y clo a chymerodd sawl hyrddiad wedyn i ni'n dwy. Torrodd y clo a thywalltodd Noi, a finna i'w chanlyn, yn bendramwnwgl i mewn i fflat Dan wrth i'r drws hedfan ar agor (a chau un arall yn glep tu ôl i mi).

Yn y bath oedd o, ei arddyrna ar agor. Bath coch. Bath lliwgar Dan.

Dwi'n cofio meddwl mor rhyfedd oedd hi fod un sblash o waed 'di cyrraedd mor bell â'r rholyn papur toiled ar yr ochr arall, chwe troedfedd i ffwrdd ma'n rhaid, 'mond un diferyn. Be nath i un diferyn fwy na'r lleill gyrraedd gwyn y rholyn papur toiled?

Ac wedyn, wedyn, ar ôl camu allan o'r stafell 'molchi, tra oedd Noi'n gweiddi'r storm drwy'r ffôn ar yr heddlu, yr ambiwlans, pwy bynnag, a doedd neb beth bynnag, neb a allai neud un dim, wedyn trawyd fi gan raeadr o bicellau, cyllyll, nes fy mlingo, a 'nhroi i tu chwith allan nes bod yr anadliad lleia arna i'n ormod i'w ddioddfa, amrwd, fel dwi rŵan, fel dwi ers echnos.

PETE A SIW

Wynebau'r ddwy yn wyn, wyn, a finna'n gwbod yn syth. Doedd 'na'm byd ond cyhuddiad yn llais Noi pan ddaeth hi o hyd iddo fo.

'Ddo'th o i siarad efo chdi bore ma, do Pete? Ond doedda chdi ddim isio gwbod.' Poeri deud.

'Bore ma?' gofynnodd Siw: 'swn i wedi neud unrhyw beth i osgoi'i llygid hi. 'Pan o'n i yn y dre efo Mam...?' A'i llais hi fel llais plentyn.

Chesh i'm byd ond ei dadleuon hi tra buon ni'n siopa. Medrwn osgoi'r gwaetha drwy gario 'mlaen i gerdded ochr yn ochr â hi a pheidio â sbio arni, ond o dan y cloc mi stopiodd, a 'nhroi i ati. Wnaeth hi rioed afael yno i mor giaidd o'r blaen, gwasgu 'mreichia nes 'mod i'n teimlo'r gwaed yn pwmpio dan 'i bysedd hi, a fy ysgwyd i, a hithau fodfeddi'n fyrrach na fi

ac mi afaelodd o ynof i i drio 'nghael i i ddallt 'i wewyr o, ac mi o'n i'n rhyw lun o ddallt ond fedrwn i'm deud hynny wrtho fo, fedrwn i, 'mond 'i ysgwyd o'n rhydd nes 'i fod o bron â cholli'i gydbwysedd, rhwng hynny a'i fod o'n ddall gan 'i ddagra

'W't ti *angan* newid dy fywyd?' Roedd ei hwyneb hi'n batsys coch a sylwais ar y rhychau dan 'i llygid nad oedden nhw wedi bodoli cyn hynny i mi. 'Wyt ti ddim yn hapus fel wyt ti?'

''Sna'm lle i ti efo ni fel wyt ti,' meddwn i wrtho fo mewn llais gwastad, pendant.

'Dyma ydw i,' protestiai'n wichlyd, 'dyma *ydw* i!' Drosodd a throsodd. 'A ma 'nghariad i at Iesu Grist 'run fath ag at Dduw, a fo nath fi fel'ma.'

'Dwi'm yn dy nabod di,' methais gadw 'mhwyll. 'A dwi'm isio chdi yma, nag yn nunlla. 'Sa well i chdi ac i minna ac i'r capal ac i bawb tasa chdi'n diflannu, a dy bechod efo ti'

ac mi laciodd Mam 'i gafal ar 'y mreichia i gan bledio arna i, 'chdi wyt ti, *fel* wyt ti. I be ei di i sbwylio popeth wyt ti 'di gneud drosta chdi dy hun, i be ei di i newid yn rhywun arall?'

ac mi anelodd wysg 'i gefn at y drws, a deud yn dawelach rŵan: 'Fedra i'm newid,' ac mi gamodd allan, a diflannu

ac yn fy embaras wrth i hon hanner geirio, hanner arwyddo'n wallgo o 'mlaen i, mi es adra, a hitha ar fy ôl

finna'n gwbod, bryd hynny, na fysa fo'n trio eto, mai hwn oedd y tro ola

adra at Pete a fynta heb ddeud gair bod Dan wedi galw pan oeddan ni'n dwy yn y dre, fod Dan wedi bod yno fora Sadwrn un tro ola yn 'i ofid

cadw rhag Siw, fedrwn i'm deud wrthi, cadw'r hyll rhag 'i baeddu hi

fatha dwy blaned Siwan, 'chlywan nhw mo'i gilydd fyth'

'i gwarchod hi rhag yr aflendid ddoth i mewn drwy'r drws efo Dan.

Tynnais ar lawes Noi. Ro'n i isio dianc drw'r drws rhag gorfod sbio ar Pete ac ar fy fflat lle roedd Dan wedi dod i chwilio am lygedyn o obaith y câi o gadw'i ffydd heb golli fo'i hun

ac mi ddudodd Noi wrtha i be o'n i'n wbod yn barod rwla tu mewn. Wedyn

wedyn mi aethon ni'n dwy a'i adael o efo be oedd o wedi'i neud i Dan.

Welais i 'mo Pete tan y diwrnod wedyn, pnawn ddoe, fath ag oes i ffwrdd. Ar ôl bod adra'n deud wrtho fo, es i hefo Noi i'w fflat hi, ac aros yn effro drwy'r nos i'w chysuro, a'r cyfan ro'n i'n weld oedd sgrech annaearol ddistaw Noi ar ei hwyneb, drwy'i chorff, a cheisio osgoi ail-weld y gwirionedd yn nŵr coch y bath, wrth i 'meddwl i ymdrechu i ddiffodd y cof.

Erbyn iddi wawrio, roedd hi fymryn yn well, ac awgrymodd ein bod ni'n dwy'n mynd nôl i fflat Dan, i ista, er mwyn lladd amser. Pan gyrhaeddon, mi welson na chaen ni fynd i mewn. Roedd dau blismon wrthi'n chwilio a chwalu drwy holl eiddo Dan, eu bysedd yn cyffwrdd popeth, a'u llygid yn colli dim byd. Gwelais un yn troi at y llall a'r gair 'homo' yn llithro'n ddi-sŵn, ddidaro dros ei wefusa. Hebryngais Noi'n ôl i'w fflat, i ista eto, i roi amser rhyngthan ni a'r peth llwyd yn nŵr coch y bath, ac i feddwl am Dan.

'Ti'm yn *gweld*,' meddai Noi'n chwyrn. 'Mi oedd Dan mewn cariad efo Pete a – '

Saib.

'Ydi. Oedd!'

A.

Ddoe, fedrwn i ddim dirnad ymhellach na'r 'a'.

Ond mi fedra i heddiw. Mi oedd Dan mewn cariad efo Pete a Pete mewn cariad efo fo. Efo Dan. Fi oedd y dargyfeiriad. Fi oedd ei lwybr cul o, ei offrwm o edifeirwch am iddo garu Dan. O'r diwedd, dwi'n deall.

Dwi'n gwbod ers y noson honno bedair blynedd yn

ôl yn fflat arall Noi, y noson welish i Pete a Dan gynta. Rwsut, rwla, ro'n i'n gwbod drwy'r amser, ond 'mod i wedi cloi'r cyfan yn bell, bell tu mewn i mi, yn rhy bell i mi fedru ei dwrio allan.

Bob tro roedd Pete yn siarad, mi fysa Dan yn troi i sbio arno a'r olwg yn ei lygaid yn siarad cyfrolau. Mae darllen wyneba'n grefft erchyll, na fedra i'm cael madael â hi. O, roedd cariad Dan yn hawdd i'w ddarllen. Dwi wedi gweld yr edrychiad rhwng gŵr a gwraig a chariadon â'i gilydd sawl gwaith, sawl, sawl gwaith, a dwi wedi gweld y bwlch lle dylai fod weithia hefyd.

Yr hyn sy'n 'y nharo i rŵan – yr hyn fu dan glo – ydi'r meddalwch ddôi dros wyneb Pete pan fysa Dan yn mynd drwy'i betha gynt pan oeddan ni'n bedwarawd. Chwerthin wnâi Noi a fi. Ond gwenu wnâi Pete. Gwên y twyllais fy hun dros y blynyddoedd oedd yn wên dadol. Chesh i rioed 'mo'r wên honno ganddo. Gwên cariad, nid gwên cariad brawd na thad.

Roedd hi tua amser cinio pan ddoth Pete i mewn. Doedd o ddim i'w weld yn ddim gwahanol i'r arfer, dim ôl galaru, dim byd. Dim ond Pete. Safodd yno am rai eiliadau cyn dod draw ata i a gafael yno i'n dynn. Roedd Noi wedi mynd i'r tŷ bach. Mi ddoth hi'n ei hôl a'n gweld ni'n gafael yn 'yn gilydd, ac mi drodd Pete ati a sbio arni am rai eiliada cyn i mi deimlo'i gorff o'n ysgwyd yn ffyrnig, a'r dagra'n llifo. Disgynnodd yn ei gwrcwd a bu'n beichio crio am 'dwn i ddim pa hyd. Fedrwn i'm gafael ynddo, fedrwn i 'mo'i gysuro. Fedrwn i'm neud yr un fath ag o ac ymollwng. Fedrwn i'm gneud dim byd ond gadal iddo fo, a sbio arno fo'n llawn chwilfrydedd.

Sylwais i ddim arno'n dod ato'i hun. Roedd 'y meddwl i fel tasa fo'n cau gweithio. Sylweddoli'n raddol nesh i fod Pete a Noi'n siarad. Doedd fawr o fynegiant ar wyneb 'run o'r ddau wrth neud, rhyw siarad gwag, i lenwi bwlch. Doedd dim casineb ar wyneb Noi bellach, dim ond rhyw wacter pell, fel tasa hi 'di colli'i nerth i daro. Es i ddim i'r drafferth o ddarllen 'u sgwrs: ro'n i'n wag, heb nerth i gyfrannu, ond teimlais chwa sydyn o eiddigedd 'mod i wedi 'nghau rhagddyn nhw, a rhag unrhyw gysur fysa geiria 'di medru'i roi, yn gaeth i'r tawelwch oedd fel carchar amdana i.

PETE

Rhaid oedd iddi ddŵad i hyn cyn i'r frwydr adael Noi.

'Welish i'i fam o,' meddwn i wrthi, heb sôn wrthi am yr artaith o orfod torri'r newydd i'r hen wraig yn ei dryswch meddwl. 'Dwn i'm a ddalltodd hi air o be ddudish i.'

'A fynta'n unig blentyn,' meddai Noi'n ddiflas.

'T'isio fi nôl Llion?' cynigiais.

'A i fory, ben bora,' meddai Noi cyn ychwanegu, 'diolch'.

'To'dd Mam a Dad ddim yn gallu coelio,' meddwn i, a chofio cymaint roedd Dan yn arfer galw acw ar ôl ysgol, ar benwsnosa a'r gwylia, a'i bresenoldeb bob amser yn ysgafnu awyrgylch y tŷ. Bydd rhaid celu'r gwaetha rhagddyn nhw, rywsut, creu rhyw wendid cemegol yn rheswm dros ddewis olaf Dan. ''Sna'm pwynt iddyn nhw ga'l cl'wad y cwbwl, 'sti Noi, yn rhy sydyn,' meddwn wrthi'n obeithiol.

'Deud di be lici di wrthyn nhw, be bynnag sy ora,' meddai Noi'n ddifywyd. 'Ddaw dim byd â fo nôl.'

Sbiai Siw i'r gwagle: toedd hi'm efo ni o gwbwl.

SIW

Aeth Pete â fi adra pan ddudodd Noi 'i bod hi'n mynd i'w gwely. Gafaelodd amdana i'n dynn y munud y cyrhaeddon ni adra.

'Ma'n rhaid i chdi beidio â gadal i hyn effeithio arna chdi,' meddai pan ollyngodd fi yn y diwedd. 'Ddim â chditha'n mynd i Lundain fory.'

Pete yn gadarn fel y graig, yn oer fel carreg fedd unwaith eto.

Doedd Dan ddim yn mynd i newid cynllunia Pete ar gyfer Llundain na'r syrcas haleliwia yn Aberystwyth. Ma'n siŵr y medra fo sugno o brofiada'r oria cynt a neilltuo rhan o'i lith i gyflog pechod. Fentrais i'm deud dim rhag i fy llais fradychu fy anghrediniaeth lwyr tuag at 'i agwedd ddideimlad. Sut ar wyneb y ddaear fedrai o hyd yn oed ddychmygu y gallwn i beidio â gadael i farwolaeth Dan – hunanladdiad Dan – effeithio arna i? Doedd Llundain ddim wedi croesi 'meddwl i drwy ddoe ar ei hyd: fedrwn i'm poeni llai am y driniaeth. Dan oedd yn fy meddwl i, 'mond Dan.

Ella bysa rhyw wag-eiriau o gysur, stori blant, am y nefoedd a'r atgyfodiad wedi bod yn well na dim, ond chesh i 'mo hynny gynno fo hyd yn oed.

Aeth i fyny'r grisiau i bacio'i fag-dros-nos gan 'y ngadael i'n teimlo fel chwydu.

Awr a hanner yn ddiweddarach, roedd o wrth y drws, yn fy rhybuddio i roi'r cloc larwm dan y gobennydd fel y gallwn i 'i deimlo'n canu.

'Ti'm isio colli'r trên, Siw,' meddai wrth fynd am y drws, fel taswn i'n hogan fach. "Sa hynny'n rhoi top hat ar betha.'

9
WATFORD

MANDY

'Swn i'n licio meddwl mai fi laddodd y bastad.

Y Robsons, wedyn y Powells, wedyn yr Hackams. Rhyl, Prestatyn, Yr Wyddgrug. Cyn i lwybra Stiw a fi wahanu. Tasa Billy Higgins ddim 'di deud wrth Stiw mai'r Hackams oedd 'yn tshans ola ni i fod dan yr un to â'n gilydd ella 'sa petha 'di bod 'chydig yn wahanol, a fysa'r gorffennol ddim yn pwyso cweit mor drwm ar 'sgwydda Stiw rŵan. Ond un fel'na oedd Billy Higgins, wrth 'i fodd yn gneud i rywun deimlo'n annifyr, ac mi oedd Stiw'n ffefryn ganddo: siŵr bod 'i job o yn y cartra 'di mynd yn llawar mwy diflas unwaith camodd Stiw ar y bys i Lundan. Ond 'mond un bach oedd Stiw pan gaethon ni'n danfon at yr Hackams, prin 'di troi'n ddeuddag oed. Dwi 'di meddwl lot ella bod Billy'n gwbod yn iawn sut un oedd Phil Hackam, yn gwbod yn iawn be oedd o flaen Stiw.

Yn wahanol i Rachel Robson a Laura Powell, o'n i'n gyrru 'mlaen yn weddol efo Sonia Hackam. Mi 'sa hi'n gneud 'y ngwallt i yn y borea a finna'n 'i wisgo fo'n blethi del i'r ysgol fatha genod normal. 'Y nwy blethan i 'sa'n cyhoeddi i'r genod erill bod gin i fam yn y 'nghyffwr' i adra ac yn licio neud i fi edrach yn ddel. Tynnu 'ngwallt i fysa Kathy Stevens 'di neud yn y cartra, ddim 'i blethu fo.

Fysa Sonia'm yn gadal i mi ista mewn stafall yn hel meddylia, neu'n meddwl am ddim byd, fysa hi'n llawn egni drwy'r amsar, yn 'yn annog i ati i helpu efo gneud te – cwcio, ddim jest gosod bwrdd – neu baentio wal stafall neu droi fy llaw at wnïo neu weu. Sonia Hackam ddysgodd fi sut i weu.

Roedd gynni hi ffordd hefo Stiw hefyd. Ma'n rhyfadd, ond yr hynna ydi pobol, gora yn y byd ma'n nhw'n medru gyrru 'mlaen hefo plant. Siŵr bod hi dros 'i hannar cant erbyn i ni lanio efo nhw a phedwar neu bump o'u chwech nhw'u hunan 'di gadal cartra. Un o'r merchaid hynny sy'n methu bod heb blant o gwmpas y lle oedd Sonia, ac ella mai dyna pam oedd hi cystal hefo ni. Roedd hi'n gwbod pryd i ada'l lonydd i Stiw, pan oedd o'm yn teimlo'n ofnadwy o gymdeithasol, gwbod yn union faint fedra hi 'i annog o i helpu rownd y tŷ. Mi oedd 'na rwbath yn nhôn 'i llais hi hefo fo fysa'n swnio fatha gofyn yn lle deud. Fysa fo'm 'di codi bys i helpu 'run o'r Robsons na'r Powells, ond mi welish i fo'n llnau'r ffrij i Sonia Hackam.

(Sonia, 'ta geiria Billy Higgins 'di serio ar 'i feddwl o?)

Fysa Sonia'n 'yn trin ni gyd 'run fath – Stiw a fi, a'i phlant hi'i hun. Digon o 'fynadd gynni hi a byth yn siarad i lawr arnan ni. Mi oedd hi'n bendant 'di darllan y llyfr ar sut i drin plant yn 'u harddega, a rhei iau fatha fi 'fyd. O'n i'n dechra meddwl ella mai hefo'r Hackams fysan ni tan gadal 'rysgol.

Unig ddrwg Sonia oedd mai Phil oedd 'i gŵr hi. 'Mond 'i weld o fatha dipyn o lo o'n i i gychwyn. Rêl llo. A fi ddechreuodd 'i alw fo'n Llo wrth siarad amdano fo yn Gymraeg hefo Stiw. Nath Stiw ddim anghytuno.

Rhaid bod Sonia 'di dwyn egni Phil i gyd wrth 'i briodi

143

fo, fatha'r stori Deleila 'na, achos pwdryn hannar moel oedd o. Fysa fo'n dŵad adra o'i waith ac ista o flaen teli drwy fin nos. Fysa Sonia neu fi'n dŵad â'i fwyd o iddo fo, neu gan o gwrw, neu fisged neu be bynnag oedd o'n gofyn amdano, rhedag iddo fo tan amsar gwely, a Sonia'n dal i neud wedyn tan 'i hamsar gwely hitha. Fysa Sonia'm yn deud gair wrtho fo am fod yn gymint o lo, ddim am 'i bod hi'i ofn o dwi'm yn meddwl, ond am 'i bod hi'n haws gadal iddo fo: un yn llai i boeni amdano fo, cyn bellad â'i fod o'n ca'l 'i fwyd a'i ddiod, a medrai hi fwrw mlaen fatha gwiwar efo be bynnag oedd 'na i neud yn y tŷ neu efo ni.

Y peth rhyfadd wrth sbio nôl oedd nad o'n i'n drwglecio Phil. 'Swn i'n ca'l ista hefo fo o flaen teli, a bysa fo'n siarad yn braf efo fi, er na fysa fo bron byth yn tynnu'i lygid oddi ar y teli. Mi fysa fo'n gofyn be o'n i 'di bod yn neud yn 'rysgol, a rhaid bod o'n gwrando, achos mi fysa fo'n gofyn wedyn 'mhen rhei dyddia oedd yr hogan hon-a-hon 'di deud bod hi'n ddrwg gynni hi am ddeud petha cas amdana i, neu oedd yr athrawas 'di licio'r llun neu'r gwaith cartra ro'n i wedi sôn wrtho fo amdano fo rei nosweithia'n gynt.

'I'll come to school and I'll sort him out, don't you worry,' medda fo wrtha i pan ddudish i bod Louis Black 'di bod yn galw enwa arna i a deud bod llau yn 'y ngwallt i (toedd 'na ddim – fysa Sonia'm 'di gadal i hynny ddigwydd), ac o'n i'n ofnadwy o falch 'i fod o 'di'i ddeud o, er bo fi'n gwbod yn iawn ar y pryd mai Sonia fysa'n sortio Louis Black, ddim fo, ond mi oedd o'n deimlad braf tu mewn bod rhywun 'blaw Stiw – a Sonia – yn meddwl digon ohona i i'w ddeud o.

Ella bod Sonia'n gadal iddo fo fod yn llo am 'i bod hi'n gwbod am 'i galon o, wrth gwrs. Pan ofynnish i iddi am y tabledi roedd o'n 'u llyncu bob bora cyn mynd i'w waith, gesh i wbod bod o 'di ca'l 'massive heart attack' ryw 'chydig cyn i ni lanio efo nhw ond nesh i'm meddwl rhyw lawar mwy am y peth ar y pryd, 'mond teimlo'n lwcus bod yr hartan am ryw reswm ddim wedi'n stopio ni rhag ca'l mynd yno atyn nhw, ac mi deimlish i bechod drosto fo achos 'i fod o'n hen a'i galon o'n giami.

'He's only fifty-eight you know,' medda Sonia'n reit ddiflas, 'too young to have heart problems.'

Ond mi oedd fifty-eight fatha ninety-eight i fi, a Sonia'n llawar rhy ifanc i fod yn wraig i hen ddyn.

Tracy ro'th y syniad i fi yn y diwadd, ond 'swn i'm yn licio meddwl mai iddi hi ma'r diolch am be ddigwyddodd chwaith. 'Sa well gin i goelio mai fi'n hun bach na'th y cwbwl.

Mi oedd Tracy'n treulio hannar 'i hamsar adra a hannar efo'i chariad ddwywaith 'i hoed yn dre ac mi laniodd ryw noson mewn môr o sterics. Nath y Llo ddim tynnu'i lygid oddi ar Dallas neu be bynnag oedd o'i flaen o. Sonia gath y stori gin Tracy, ond mi oedd Phil yn y stafall 'fyd, ac yn clywad bob gair. Mi gymodd i Tracy ddeud – sgrechian 'ta – 'i bod hi'n brôc ac angan pres rŵan hyn gynnyn nhw am 'i bod hi'n despret, i'r Llo droi ei ben.

'I'm not paying you a penny,' medda Sonia wrthi, 'to go and stick needles in your veins.' Ac mi wthiodd fi at y drws a'i gau'n glep tu ôl i mi. Glwish i nhw'n gweiddi ar 'i gilydd – y tri ohonyn nhw – am rwbath tebyg i oria, a Sonia'n rhwun cwbwl wahanol i'r Sonia o'n i'n 'i nabod, a Phil yn rhwbath cwbwl wahanol i'r Phil ro'n i'n 'i nabod, yn harthio fatha rwbath ddim yn gall.

Mi ddoth Stiw i'n stafall i, 'di clywad y gweiddi.
'Tracy,' meddwn i.
'Drygs,' medda Stiw.
'You'll kill your father carrying on like this! Is that what you want?!' o lawr grisia, dros y tŷ, ddim fatha Sonia o gwbwl.

Fyswn i wir yn licio meddwl mai fi nath yn y diwadd.

Rhaid mai 'chydig nosweithia wedyn oedd hi. Doedd o'm llawar wedyn, dwi'n gwbod, achos o'n i'n dal i boeni braidd wrth weld Phil yn cymyd 'i dabledi yn y bora a meddwl faint o ddrwg oedd Tracy 'di'i neud i'w galon o. To'n i'm yn un i ddeffro ganol nos ond mi nesh i'r noson honno. Dim syniad faint o'r gloch oedd hi ac isio pî-pî.

To'n i'm isio deffro neb a hitha'n dywyll bitsh tu allan, felly nesh i'm fflysio. Clywad llais y Llo nesh i a meddwl mai'r teli oedd o, ac wedyn yn syth dallt mai'i lais o oedd o a'r teli 'mlaen hefyd pan wrandewish i'n astud astud ac wedyn, wrth bo fi'n mynd i mewn drwy ddrws 'yn llofft, 'swn i'n tyngu bo fi 'di clywad llais Stiw hefyd o lawr grisia, a meddwl na na, fedra fo'm bod, ma Stiw yn 'i wely'n cysgu'n braf a be fysa fo'n neud lawr grisia hefo'r Llo a'r teli, ond mi sbiish i rownd gongol drws Stiw be bynnag, 'mond i neud yn siŵr bo fi'n meddwl petha yn 'y mhen a gweld bo fi ddim achos mi oedd gwely Stiw'n wag, y dillad arno fo'n dangos bod o 'di bod 'no, ond bod o'm yno rŵan, ac wedyn doth rhwbath drosta fi, rhwbath diarth na to'n i'm yn ddallt ac yn lle mynd lawr grisia a gofyn i Stiw be ddiawl oedd o'n neud ar 'i draed ganol nos, nesh i fynd nôl i'n llofft a cau'r drws yn ddistaw ddistaw bach a mynd nôl i 'ngwely a thynnu'r blanced dros 'y mhen lle bo fi'n clywad dim byd, a rhaid bo fi 'di cysgu rwbryd, ac mi garish i'r peth ma, na to'n i'm yn gwbod be oedd o, rownd hefo fi y diwrnod wedyn, a'r noson wedyn, a'r diwrnod wedyn wedyn, a dwi'm yn gwbod, am ryw dri neu bedwar diwrnod, a thynnu'r blanced dros 'y nghlustia bob nos lle bo fi'n clywad dim byd, ac wedyn, y noson wedyn, rhaid bod rhwbath gwahanol 'di dŵad i 'mhen i o rwla achos o'n i 'di laru tynnu'r blanciad dros 'y nghlustia a methu cysgu, methu cysgu tan 'swn i 'di disgyn i gysgu, achos nesh i feddwl y noson honno 'sa'n well gwbod na cario mlaen fel'ma i gau pob dim allan achos Stiw oedd o'n diwadd a mond fi oedd gynno fo go iawn, ac mi dynnish i'r blancedi lawr a gwrando, a toedd 'na'm smic go iawn tasa rhywun ddim yn gwrando go iawn achos mi oedd gynnyn nhw garpad trwchus trwchus ar y grisia, ond ro'n i'n gwrando go iawn go iawn ac yn 'i glwad o'n anadlu a brwsio'i droed ar y carpad ac wedyn y 'tic' bach lleia wrth i ddrws llofft Stiw agor (rŵan, rŵan! dwi'n gweld pam mai un o'r 'chydig o jobs o gwmpas y tŷ welish i'r Llo'n neud rioed oedd sgwyrtio WD40 ar hinjys drws llofft Stiw, y bastad) ac wedyn sŵn Stiw'n stwyrio yn 'i wely, 'mond stwyrio fatha tasa fo'n dal i gysgu, ond to'dd o ddim achos o'n i 'di clywad y Llo'n anadlu'i ffordd fyny grisia, to'n, ac wedyn

'No,' Stiw'n sibrwd a ma 'nhu mewn i'n gwingo drosto fo rŵan hyn wrth gofio'r 'No' 'na, llais plentyn yn cuddio cymint, fatha ma plant,

'Yes,' Llo'n sibrwd, a tic tic bach wrth i'r Llo a Stiw ger'ad lawr grisia'n ddistaw ddistaw bach at y teli oedd yn dal i siarad efo fo'i hun lawr grisia a pan glwish i 'tic' bach arall wrth i ddrws y lownj ga'l 'i gau'n ddistaw ddistaw, mi esh i at ben y grisia, fatha llygodan bach, a cherad yn ara ara bach lawr grisia, a gwbod hefo bob cam na fysa 'myd i 'run fath byth eto

*a nesh i'm agor y drws, o na, nesh i'm agor y drws,
fysa'r Llo 'di'n lladd i a Stiw, esh i i'r gegin ar flaena
'nhraed, ac oedd, mi oedd posib gweld drwy ymyl yr hatsh
yn fanno, y crac bach wrth yr hinj, a welish i'm byd am
eiliad ac wedyn mi welish i, mi welish i law Stiw, llaw fach
Stiw, yn gafa'l yn dynn yn y glustog ar y soffa, a 'mond 'i
wallt o, achos oedd 'i ben o 'di troi i mewn i'r soffa fatha
tasa fo'n trio colli'i hun, a'i law o'n gwasgu'r glustog yn
dynnach dynnach nes oedd 'i ddyrna fo'n wyn, fatha
tasa fo isio rhwun i afa'l ynddi, ond to'dd na neb i afa'l
ynddi, to'dd 'na 'mond clustog, a welish i ben moel yn dod
i'r golwg yn y crac lle oedd yr hinjys cyn mynd o'r golwg
eto a nôl i'r golwg wedyn, fatha rhythm, fatha dawns, a
tasa 'na ddim sŵn, taswn i ddim yn medru clywad, 'swn
i'n meddwl mai chwara gêm oeddan nhw, ond mi o'n i'n
medru clywad to'n, yr anadlu cyflym, y wich fach fach gin
Stiw wrth iddo fo wingo ac o'n i'n gwbod yn iawn na ddim
chwara gêm oeddan nhw*

*a to'n i'm yn gwbod be i neud 'blaw mynd nôl i
fyny'r grisia, felly mi esh i, a gadal Stiw, yn ddistaw, a
nôl i 'ngwely, a thynnu'r blanciad yn dynn dynn am 'y
nghlustia.*

*Dydi o'n dal ddim yn gwbod 'mod i 'di gweld. Siŵr bod
o 'di ama ar ôl be ddigwyddodd wedyn, ond ddudish i
rioed a ddudodd o rioed air am y peth.*

*Bora wedyn, o'n i'n gwbod yn iawn be oedd isio'i neud.
Aros 'y nghyfla, 'na'r cwbwl, ond gredish i'm byd 'sa fo'n
dŵad yn syth, a nesh i'm meddwl 'swn i mor llwyddiannus.
Dwi'n cnesu tu mewn wrth gofio'r cwbwl mor glir.*

*O'n i yn y gegin cyn i neb godi, ac wedi bachu'r botel
dabledi o'r cwpwr' ac wedi gwthio dwy neu dair tabled*

lawr y sinc hefo'r tap yn rhedag i weld fysan nhw'n mynd, ac mi o'n nhw, yn reit rhwydd, yn diflannu lawr y twll plwg, ond to'n i'm isio i bob un fynd, ddim eto.

Tasa Sonia 'di dŵad i'r gegin, neu Tracy (er, fysa hi ddim: mi oedd hi 'di cau'i hun yn yr atig ers i Sonia a'r Llo wrthod rhoi pres drygs iddi, neu ella mai fo a hi oedd 'di'i chloi hi i mewn, erbyn meddwl, i drio'i chael hi oddi ar y drygs), neu un o'r lleill, fyswn i 'di aros tan bora wedyn, neu'r bora wedyn, neu'r bora wedyn, o'n i'n barod i aros 'mbwys faint 'mond bo fi'n ca'l y Llo yn y gegin a 'mond y fo, hefo fi. Ond fo ddo'th i mewn ac anelu'n syth at y cwpwr' tabledi, gan ddeud 'Morning' wrtha i heb sbio, heb weld fod y botel dabledi gin i yn 'yn llaw a'r gyllall gig gin i yn y llall. Esh i'n syth at y drws i fi fod rhyngtho fo a'i ffordd allan.

To'dd o'm yn dallt lle oedd y botal 'di mynd tan iddo fo 'nghlwad i'n 'i hysgwyd hi'n fy llaw, a'r gyllall gig yn 'yn llaw arall i'n pwyntio'n syth ato fo.

Ac mi roth chwerthiniad bach, methu dallt.

A 'mond 'i ddychryn o o'n i isio neud, deud gwir, 'i ddychryn o ddigon i neud i Sonia'n gyrru ni'n dau nôl i'r cartra lle bod y bastad brwnt yn brifo Stiw mwy na be oedd o wedi'i neud yn barod.

'What you doing?' medda fo â gwên ar 'i wynab hyll.

Codais y gyllell tuag ato ac mi fagiodd o'n ôl wrth i fi gerddad at y sinc heb dynnu'n llygid oddi arno fo, ac mi oedd o'n dal i wenu, yn methu coelio bod yr hogan bach naw oed ma o'i flaen o'n medru gneud iddo fo symud! Ac mi luchish i'r tabledi lawr y twll plwg a rhedag y tap, yn dal heb dynnu'n llygid oddi arno fo na gostwng y gyllall, ac mi ddiflannodd y wên oddi ar 'i hen wep hyll o wrth iddo fo ddechra protestio a chamu tuag ata i. Ro'n i'n mynd i ddangos iddo fo'n syth nad chwara gêm o'n i, felly mi darish i'r gyllall yn erbyn 'i wynab o nes oedd 'na linall goch lawr 'i foch o ac wedyn gwaed. To'dd o'm yn ddwfn, prin oedd o'n gwaedu o gwbwl, ond mi roth lond tin o ofn i'r bastad, ac mi gamodd o nôl oddi wrtha fi. (Tasa fo heb neud hynny, a dŵad amdana fi, mi fysa fo 'di medru tynnu'r gyllall o'n llaw i'n syth bin – ond llo oedd o.)

'Put that down!' medda fo, yn methu cuddio'i ofn. (Eiliad fysa hi 'di gymyd iddo fo 'i thynnu hi o'n llaw i!). Ro'n i'n gwbod wedyn bod gin i obaith o neud iddo fo ddawnsio.

'Sonia!' gwaeddodd heb dynnu'i lygid oddi ar y gyllall. Ond Stiw ddo'th i mewn drwy'r drws tu ôl i fi. Safodd yno'n gegagorad wrth lyncu'r olygfa.

'Tell her!' mynnai'r Llo.

'Mandy... paid,' meddai Stiw, a cheisio estyn am y gyllall. To'n i'm yn dallt pam oedd o isio i fi stopio (poeni amdana i oedd o, ond heddiw dwi'n gweld hynny, ddim 'radag honno, ac mi o'dd o'n medru gweld ôl y gyllall ar wynab y Llo'n mynd â fi i bob matha o drwbwl fel oedd hi).

Ond ro'n i wedi mynd yn rhy bell i wrando ar Stiw hyd yn oed. Rhaid bo fi'n edrach fatha rhwbath 'di cholli hi'n llwyr yn neidio at y Llo a'r gyllall yn dynn yn fy llaw. Mi 'gorodd o'r drws cefn a dianc i'r ardd. Ac ro'n i'n gwbod na fysa fo'm yn medru mynd allan o fanno ar chwara bach. Gardd tŷ teras, a dau beiriant golchi, ffrij a sied yn dipia a dyn a ŵyr pa lanast arall yn blocio'r drws allan yn y pen pella. Ro'n i'n sgrechian fatha banshi wrth redag ar 'i ôl o, a fynta'n colli'i wynt wrth redag rhag y gyllall ar yn ail â thrio siarad efo fi, nesu ata i, nes 'swn inna'n hyrddio'r gyllall i'w gyfeiriad o unwaith eto, a Stiw'n gwylio'r cyfan.

O'n i'n gwbod bod y gêm ar ben yr eiliad 'sa Sonia'n dŵad i'r golwg, neu cyn hynny tasa'r Llo ddim cweit cymint o lo a 'di gafa'l ym mraich yr hogan bach naw oed oedd yn bygwth 'i drechu fo. Ond doedd 'na'm otsh, fedrwn i'm gweld dim pellach na be oedd yn digwydd ar y pryd a phob eiliad o'n i'n llwyddo yn 'y ngyrru i 'mlaen i'r nesa.

Ddo'th Sonia i'r golwg a rhoi sgrech – o syndod yn fwy nag ofn ella – a ddoth Stiw ata i a gafal yn y gyllall o'n llaw i. Trodd y dychryn yn y Llo'n dymer ac mi lamodd tuag ata i a'n ysgwyd i fatha potal dabledi a phoeri gweiddi pob matha o regfeydd i lawr arna i. To'dd 'na'r un yn brifo: ro'n i 'di gneud iddo fo gachu lond 'i drowsus am be nath o i Stiw.

Mi oedd Sonia uwch 'y mhen i wedyn. Gesh i slap a hannar gynni hi ac mi afaelodd yn 'y ngwallt i i'n hebrwng i i'r tŷ.

Roedd y Llo'n dal tu allan pan glywon ni gythral o sŵn malu gwydyr a'r Llo'n rhoi bloedd ac mi sbion ni allan drwy'r drws agored lle medran ni weld hwfyr ar lawr yn dipia a gwydr y sky-light yn disgleirio yn yr haul. A dyna lle oedd y Llo'n llamu drwy'r gegin fatha tasa 'na ddyn yn gwisgo bom wrth 'i sodla fo, fyny'r grisia â fo. Pam mai hwfyr ddewisodd Tracy luchio drwy'r sky-light, dwi'm yn gwbod.

Mi oedd sŵn bloeddio'r Llo a sgrechian Tracy'n llenwi'r tŷ, a Sonia 'di anghofio amdana i yn y miri. Mi redodd fyny grisia ar ôl Phil rhag ofn i hwnnw ladd 'i jynci o ferch (er, to'dd 'i berfformans o efo fi-fach-naw-oed ddim yn rhoi unrhyw sail i gredu y medra fo 'di manijo neud hynny 'mbwys faint oedd o awydd).

'Be uffar ddoth dros dy ben di?' holodd Stiw wedi i Sonia'n gadal ni yn y gegin. Ddim yn gas. Yn annwyl, bron.

'M'isio aros ma,' meddwn i a dechra crio. Roedd y Mandy-off-'i-phen 'di ngadal i. Ddoth Stiw ata i a gafal amdana fi.

'I'm phoning the police!' arthiodd y Llo wrth redag lawr grisia. Mi oedd y briw ar 'i foch o 'di gadal cylch bach o waed yn staen ar golar 'i grys o.

'Mond deialu lwyddodd o i neud cyn iddo fo blygu'n 'i ddau ddwbwl a'i freichia fo'n gwasgu i mewn i'w frest.

'Mond sbio'n llawn syndod nath Stiw a fi arno fo'n gwingo.

Fuo dim rhaid i Sonia ailddeialu pan ddoth hi lawr mewn munuda lawar ar ôl iddi wawrio arni fod Phil wedi distewi.

'Which service do you require?' medda llais y ferch rochor draw am y degfed tro'n flin, 'ambulance, fire brigade or the police?'

A'th Sonia hefo'r Llo yn yr ambiwlans, ond i ddim pwrpas. Mi oedd o 'di mynd cyn i'r ffôn ga'l 'i roi nôl ar y wal.

Ddo'th Sonia adra wedyn ac mi afaelodd ei chwech o blant go iawn hi'n dynn amdani, Tracy hefo nhw. Wedyn mi gyrhaeddodd ryw hogan o'r SS a glwish i Sonia'n deud 'thi bod hi'm yn medru ymdopi rŵan, sori, hefo ni'n dau dan yr amgylchiada.

Dim gair amdana i a'r gyllall – sut eglurodd hi'r clwy ffresh ar foch y Llo, sgin i'm syniad.

Ond mi ddalltish i'n syth bod hi'n gwbod yn iawn be

oedd y Llo 'di bod yn neud i Stiw, neu mi fysa hi 'di deud rhwbath, bysa? Brwsio'r cwbwl dan y mat nath hi i arbad 'i hen enw fo a'n gyrru ni nôl i'r cartra. Ddim bysa neb 'di coelio'n gair ni be bynnag.

Tasa Billy Higgins heb ddeud wrth Stiw mai'r Hackams oedd 'yn cyfla ola ni i ga'l 'yn gosod hefo teulu hefo'n gilydd, fysa Stiw ddim 'di gadal i'r Llo neud be oedd o'n neud iddo fo, a fyswn i'm 'di'i ladd o.

'Swn i wrth 'y modd meddwl mai fi laddodd y bastad.

'Mandy,' medd Stiw wrth fy ochor. Dwi'n troi ato fo'n ddryslyd, a 'meddwl i un mlynedd ar hugain i ffwrdd. 'Ella'i bod hi'n bryd i ni 'u galw hi'n Nain.'

Hon drodd ei chefn ar fod yn Nain i ni a'n gadal ni ar drugaradd y Llo a Billy Higgins a'r lleill. Dwi'n sbio arno mewn dychryn. Be haru fo? 'Di hon ddim yn nain i ni. Fuo hi rioed yn nain i ni.

'Er mwyn y genod,' mae o'n deud eto, a rhaid i fi gnoi cil dros hyn. Sut ma torri'r cadwyni o siom a cholled? Torri'r cadwyni a chychwyn eto er 'u mwyn nhw?

Dwi'n sbio arni, a gweld am y tro cynta be ydi hi. Rŵan. Go iawn. Hen ddynas, a'i hawydd i ddianc rhag 'i gorffennol 'di troi'n obsesiwn gwely-anga iddi. Pa greithia rhy ddwfn i'w gweld sy'n dal tu mewn iddi hi?

Ma'i gwaed hi'n fy ngwythienna i, ac yng ngwythienna Elen a Megan. Be 'di blwyddyn neu ddwy er mwyn medru hwyluso'u ffordd nhw'll dwy drwy'r byd ryw fymryn?

'Yli...' Mae Stiw'n estyn crib o boced ôl ei jîns a'i phasio i mi. Mae'n amneidio at May, isio i mi gribo'i gwallt hi. 'Iddi ga'l edrach ar 'i gora i'r genod.'

Dwi'n cribo'r blewiach llipa gwyn, ac er 'y ngwaetha,

yn teimlo ias o gyffro wrth feddwl bod yr hen wraig oddi tano'n nain i mi.

Ma'r ddynas ddiarth yn y gongl rhwng Nain a'r ffenast yn troi am eiliad i syllu'n syn arna i'n cribo'r gwallt, cyn troi nôl i sbio drwy'r ffenast.

'Na chi, Nain. Dwtsh bach yn well.'

Ma mymryn o wên ar wynab Stiw.

10
LLUNDAIN

SIW

Rydan ni ar gyrion Llundain, a'r trên yn arafu rywfaint wrth basio rhesi ar resi o gefnau tai, wedi'u creithio gan graffiti a diffyg gofal. Olion bywyd yn llusgo'n ei flaen, dillad ar lein, ar sil ffenestri a phaent yr oes o'r blaen yn cracio. Llundain heb ei cholur.

Yr ochr arall i'r tai, mae prysurdeb dinas a mil gorchwylion 'y funud hon' yn gwibio drwy'i gilydd, pob lliw yn y greadigaeth yn gorgyffwrdd ac yn rhedeg i'w gilydd. Bywyd ar sbîd.

Mae rhesi ar resi o rêls yn y fan hyn, llinellau cymhleth yn cario Llundain i bob cwr, a phob cwr i Lundain. Stribedi o bobol yn teithio drwy'i gilydd, stribedi o Gymry'n dianc, y trên yn feicrocosm o'r allfudo mawr. Ac ar ymylon y trac, y bywyd gwyllt sy'n ddigyfnewid i lygid y trên.

Mae May'n gafael yn fy mraich. Trof ati. Gwên fach gefnogol ar y gwefusa rhychiog.

'Dach chi'n iawn?'

Ma'n rhaid ei bod hi wedi teimlo'r anadl yn herciog a 'nghorff i'n cau am yr argae. Gwenaf ryw lun o wên yn ôl arni a nodio 'mhen.

Meindia dy fusnas, fel dudist ti wrtha i am neud. Cadw dy hen drwyn wyth deg chwech oed allan o betha. Ma gen ti ddigon ar dy blât dy hun heb fynd i snwyro o gwmpas fy un i. Dwi'n difaru fy enaid na 'swn i 'di symud i sedd arall ar ôl bod yn y tŷ bach, a theimlaf bob edrychiad o eiddo'r tri'n fy ngwanu. Cadwch allan o 'myd i, bobol!

Ma'r hen wraig yn troi i sbio ar Stiw a Mand, a'r ddau'n cynllunio pa ddrws i fynd allan drwyddo. Daliaf fy hun yn meddwl eto pam na saif hi ar 'i thraed 'i hun yn lle taflu'i hun i freichia barus, caethiwus ei dau garcharor, a gwylltiaf wrtha fi fy hun am eu gadael nhw i mewn i 'mhen drachefn a thrachefn.

Pete ar 'i linia ar lawr fflat Noi, wedi torri, wedi'i chwalu, ac yna wedyn adra, yn ailgydio yn yr awenau'n oeraidd ddiwyro. Mi fydd yn Euston yn fy aros, yn barod i roi'i freichiau amdana i fel na fedrodd o roi'i freichiau am Dan, a'i feddwl ar y driniaeth a'm gwna'n gyflawn. Mi fydd yn y sbyty i ddal fy llaw ac i siarad am blant, i ddeud 'Dw i'n dy garu di' wrtha i cyn i neb arall fedru deud dim. Fydd Dan ddim yn nunlla i ddeud dim byd. A' i ddim i'w angladd. I be? Fydd o ddim yno.

Mae Mand yn casglu'r papur oddi ar y bwrdd o'n blaena a'i blygu. Estynna am fag o dan 'i sedd a stwffio'r papur newydd i mewn iddo. Mae hi'n codi, yn estyn drosodd at May ac yn codi ei chardigan am ysgwyddau'r hen wraig. Pam na sefi di ar dy draed dy hun, May?

Dwi ddim yn barod, Pete. Dwi ddim yn barod. Dwi yn Llundain a Dan heb ei gladdu. Dwi yn Llundain, a Dan yn nunlla.

Fi, a'r gwreiddyn sy yno' fi ella... y gwreiddyn na fedra i fentro cydnabod 'i fodolaeth o i mi fy hun, ddim eto.

Ma'r trên yn arafu a Stiw a Mand yn gwthio'u ffordd allan heibio'r bwrdd, yna Mand yn rhoi'i llaw dan fraich May i'w helpu i godi. Plygaf i godi 'mag rhwng fy nghoesa. Dwi ddim yn barod, Pete.

Gwna'r tri eu ffordd yn araf, Stiw'n ddiamynedd, tuag at y drws. Eu gwylio nhw'n mynd, heb na ffarwél na gwên. Stwffio chi'ch tri.

Down i mewn i'r orsaf, y tywyllwch yn cau amdanon ni. Mi fydd Pete yn y pen arall, a'i eiria'n barod ar 'y nghyfer i. Gwthio 'mhen at y ffenast a sbio draw. Dydi'r trên ddim yn symud bron.

A dwi'n eu gweld. Pete, yn hofran yn betrus gan sbio i mewn i'r cerbydau blaen wrth iddyn nhw ei basio fo, ac wrth ei ymyl, Mam!

Mae hi wedi dod. Wedi cyfaddawdu am unwaith a llyncu ei balchder yn lle llyncu mul. Dwi'n codi ac yn anelu am y drws tu ôl i mi, lle mae Stiw a Mand a May'n aros, ar dân eisiau mynd allan.

'Ydi'r trên ma byth yn mynd i stopio?' hola May, ac mae Mand o 'mlaen i'n ebychu rhwbath yn ddiamynedd wrthi. Dwi'n sefyll yn ymyl yr hen wraig. Pam na sefi di ar dy draed dy hun, May?

Mae hi'n troi ata i ac yn sibrwd yn fy wyneb.

'Gweld 'yn gilydd ydan ni.' Mae Mand yn edrych yn rhyfedd arni, heb glywed yn iawn be ddudodd hi, a heb ddallt pam ma'r hen wraig yn mynnu siarad hefo fi. Dwi'n nodio, ond heb ddallt, yn ceisio gwenu'n gwrtais, ond dydi'r wên ddim yn dod. Mae Dan yn rhy agos.

Gafaela Stiw dan fraich arall May, yn barod i'w chertio oddi ar y trên, un bob ochr, fel dau blismon. Mewn munud neu ddau, mi fydda i allan ar y platfform, ym mreichia Pete a Mam.

Gafaelaf yn fy nghês oddi ar y rac y tu ôl i mi a throi am y drws arall, y drws at y cerbyd nesaf, at du-ôl y trên.

Gwthiaf heibio i ŵr a gwraig sy'n dod drwodd i fynd allan. Mynd yn erbyn y llif tuag at gefn y trên, i ffwrdd oddi wrth Euston, i gyfeiriad Cymru. Gwthiaf heibio i'r bobol yn y cerbyd nesaf hefyd, a'r cerbyd wedyn, gan fwmian ymddiheuriada carbwl, nes cyrraedd y pen pella. Does neb yn fan'no. Ma'r trên yn stopio a'r drws yn agor. Medraf weld Pete a Mam ym mhen pella'r platfform yn y pellter, yn edrych i mewn i'r cerbyda blaen, yn fwy diamynedd rŵan. Lle mae hi?

Lle ydw i?

Gadawaf i'r bobl ddechrau llifo allan o'r cerbyda eraill, cyn mentro troedio ar y platfform drwy'r drws olaf un. Daliaf i edrych i gyfeiriad Pete a Mam er na alla i mo'u gweld bellach heibio i dyrfa wasgarog y trên. Rhuthraf ar draws y platfform tuag at y nesaf, gan gyflymu 'nghamau rhwng y colofnau sy'n dal y to, cyn troi am yr orsaf, y tu draw i dyrfa'r trên. Cyflymu eto, a'u gweld nhw o'r ochr arall, y ddau'n methu'n glir â dallt lle ydw i, yn dal i sbio i mewn i'r trên gwag, a'n prysuro o gerbyd i gerbyd ar hyd y trên. Lle ydw i?

Dwi'n eu pasio nhw o bell. Anelaf am yr allanfa, lle mae lliwiau llachar y siopau a'r stondinau'n fy ngwahodd. Mentraf droi i edrych, a gweld Pete yn troi'n ei unfan, yn chwilio drwy'r dyrfa, a Mam wedi rhoi'r gorau i chwilio. Mae Pete yn edrych ac yn edrych, fel peth gwirion, a rhaid i mi symud rhag i'w lygaid lanio arna i yn y dyrfa sy'n ffrydio tuag at yr allanfa.

Gwelaf Stiw a Mand a May'n pasio ymhlith nifer o rai eraill oddi ar drenau o bob cwr. Mae Stiw a Mand yn sbio'n syth o'u blaena, yn ysu i May gyflymu'i chamau. Dwi'n troi i fynd allan o dywyllwch y platfformau, allan i'r orsaf lachar, a thu hwnt, lle caf hawlio seibiant, amser i feddwl drosta fi'n hun, amser i benderfynu, amser i anadlu'n rhydd, a llythyr, e-bost at Noi. Wedyn...

Daw wedyn yn ei bryd.

Reit sydyn rŵan, Siw. Allan â thi!

Heb edrych nôl.

Am restr gyflawn o nofelau cyfoes Y Lolfa,
a'n holl lyfrau eraill, mynnwch gopi o'n
Catalog newydd, rhad – neu hwyliwch i
mewn i'n gwefan

www.ylolfa.com

i chwilio ac archebu ar-lein.

y Lolfa

TALYBONT CEREDIGION CYMRU SY24 5AP
e-bost ylolfa@ylolfa.com
gwefan www.ylolfa.com
ffôn (01970) 832 304
ffacs 832 782